7,50

Piccola Biblioteca Oscar

ROBERTO SAVIANO • ALESSANDRO PIPERNO
LEONARDO COLOMBATI • PIETRO GROSSI
e altri

A OCCHI APERTI

Le nuove voci della narrativa italiana raccontano la realtà

A cura di Mario Desiati e Federica Manzon

OSCAR MONDADORI

Published by arrangement with Roberto Santachiara Literary Agency

I edizione Piccola Biblioteca Oscar settembre 2008

ISBN 978-88-04-58356-1

Questo volume è stato stampato
presso Mondadori Printing S.p.A.
Stabilimento NSM - Cles (TN)
Stampato in Italia. Printed in Italy

www.librimondadori.it

Introduzione

di Mario Desiati e Federica Manzon

La letteratura non conta nulla. Questo è l'assunto ricorrente in molti dibattiti, terze pagine e pamphlet. A darvi ascolto, non si dovrebbero più pubblicare romanzi e raccolte di poesie, la critica dovrebbe tacere e le riviste letterarie, a maggior ragione, sarebbero destinate a estinguersi. Eppure, pare che gli scrittori non abbiano ceduto all'imperativo di questa sentenza troppo spesso declamata con toni definitivi. Sembra, al contrario, che proprio negli ultimi anni una precisa necessità sia tornata ad affermarsi, quella di rispondere alla chiamata della letteratura che impone di volgere ancora una volta lo sguardo al reale, di usare la particolare lente del narratore per far luce in modo obliquo e inedito sui lati più oscuri del nostro paese, non tanto per interpretare i fatti quanto piuttosto per mostrare in modo nuovo il quotidiano che è sotto gli occhi di tutti, mettendone a fuoco crepe e inceppamenti.

Si è mostrato così come proprio dalla parola letteraria prendano il via le discussioni e i dibattiti più urgenti che animano le grandi questioni sociali e politiche. Autori diversi hanno saputo indirizzare i loro precisissimi obiettivi su scenari differenti, riuscendo di volta in volta a trovare un'angolazione capace di mettere al centro della scena le questioni più pressanti. Nelle molteplici forme del blog, del reportage, del romanzo, del testo teatrale una nuova generazione di scrittori è stata capace di dare voce a contesti e identità che chiedevano imperiosamente di essere rappresentati. È il caso evidente dell'ampio mondo del precariato, lavorativo e degli affetti, che sempre più sta imponendo i propri condizionamenti allo sviluppo della società civile e che ha trovato nella parola scritta un veicolo privilegiato non solo di raffigurazione ma anche di comprensione più ampia e complessa. Allo stesso modo gli scrittori sono stati negli ultimi anni i principali testimoni dei grandi cambiamenti che stanno ridefinendo le regole e i principi delle strutture familiari classiche. Proprio i narratori infatti sono stati tra i sismografi più sensibili di queste scosse e assestamenti e hanno saputo raccontare i nuovi modelli familiari ricostruendo e dando voce a dinamiche ed equilibri che ancora faticano a essere pienamente assimilati. Un'attenzione non minore è stata dedicata a quei fenomeni sottilmente pervasivi della quotidianità, eppure troppo spesso relegati in discorsi massimalisti e astratti. È il caso degli scenari dominati dalla criminalità organizzata, dal bullismo, dalle nuove forme di schiavitù. Anche in questi esempi molto spesso è toccato alla parola scritta il compito di rimandare di tali fenomeni un'immagine più definita, capace di imporre a un ampio pubblico tutta la drammatica urgenza di questioni agevolmente dimenticate.

In questo contesto le riviste sono tornate a giocare un ruolo determinante. «Nuovi Argomenti», che fin dalla sua fondazione si è caratterizzata come il campo d'eccellenza per l'incontro e lo scontro delle voci più originali del nostro pa norama letterario, negli ultimi anni ha saputo rivendicare il ruolo che più di ogni altro le è proprio. In tal senso l'editoriale di Enzo Siciliano sul primo numero della terza serie di «Nuovi Argomenti», nel 1982, resta un punto di riferimento utile per capire quale è stato lo spirito che ha animato i lavori della redazione romana. In quell'articolo Siciliano si auspicava di «costringere gli scrittori ad occuparsi di quei fatti che assediano da vicino l'esistenza quotidiana, e che ci appaiono indecifrabili, lugubremente enigmatici...». L'ambizione principale in tutti quegli anni è stata quella di creare un gruppo di scrittori che avessero a cuore una letteratura al servizio del reale e lo raffigurassero attraverso quello che Siciliano definì «linguaggio della verità».

«Nuovi Argomenti» nel corso degli ultimi decenni ha mantenuto questa propensione, segnalandosi come cornice privilegiata dove si sono elaborate le poetiche, gli sguardi e le identità degli scrittori. Nell'imprimersi questa direzione di lavoro la rivista ha saputo seguire i passi della propria illustre tradizione facendoli propri e segnandoli con un nuovo ritmo e nuove direzioni, senza però mai rinunciare a essere un laboratorio di talenti e idee, capace di muoversi in uno spazio non assoggettato a mode o correnti letterarie. D'altra parte la sua stessa storia mostra come, fin dal principio, sotto le celebri direzioni di Alberto Moravia, Pier Paolo Pasolini, Attilio Bertolucci, Leonardo Sciascia ed Enzo Siciliano, la rivista è stata un luogo dove si sono incontrati alcuni dei più importanti autori italiani, dove si sono incrociate le spade del realismo, della critica al comunismo o al formalismo. In questa sede si è fatta una letteratura che ha sempre saputo prendere le giuste distanze dall'accademismo, ereditando e mettendo a frutto una parte della lezione del «Politecnico» di Elio Vittorini (il quale, non a caso, fu uno dei primi collaboratori nel numero inaugurale di «Nuovi Argomenti»).

La rivista ha inoltre rappresentato, in tutti questi anni, un'occasione, un banco di prova per scrittori maturi e voci ancora inedite, uno spazio dove confrontarsi, osare e sperimentare, ma anche e soprattutto dove poter esordire. In questa cornice prestigiosa e insieme familiarmente sollecita nel coltivare giovani talenti, hanno visto la luce i primi scritti di autori, alcuni dei quali ancora sconosciuti, che poi si sono imposti e hanno segnato il percorso letterario italiano. Le riviste sono diventate quindi veri e propri luoghi d'elezione per nuove voci e nuove forme – dalla poesia alla narrativa, passando attraverso la forma saggio e la forma reportage – e si sono dimostrate capaci di accreditare una nuova, sorprendente generazione di scrittori.

Le riviste, tuttavia, non solo rivendicano per sé un ruolo primario nella costituzione dell'attuale panorama della narrativa contemporanea, ma parallelamente tendono a riaffermarsi come il campo in cui si affilano le armi del più appassionato e acceso dibattito culturale. «Nuovi Argomenti», fin dall'inizio, ha occupato in questo scenario di molteplici voci un ruolo determinante. È stato proprio in questa sede che scrittori e intellettuali hanno dato vita a una dialettica continua: tradizione contro sperimentazione, new journalism contro sociologismo, accademismo contro avanguardia. Dopo un periodo in cui questo aspetto è sembrato venir meno, accompagnato da un cambiamento radicale nella percezione del pubblico, negli ultimi anni si è assistito a una lenta inversione anche di questa tendenza, e la rivista è tornata a essere il terreno aperto per il confronto, lo scambio di idee, l'incrocio di voci e strumenti. Lo testimoniano gli stessi singoli volumi, in cui spesso già dai titoli si evidenzia la volontà di concentrarsi su questioni e tematiche che interessano un ampio spettro di problematiche vivamente dibattute. Si è inteso così dare spazio e pagine a contrasti accesi e a interventi forse tra i più significativi del dibattito letterario del nostro paese. È il caso, per citarne solo alcuni, dei numeri dedicati a schiavi e schiavitù, alla scienza, ai demoni che abitano la contemporaneità, alle regole e le loro strutture nel sociale.

Se negli anni passati il ruolo delle riviste sembrava essersi indebolito, assieme anche all'attenzione degli stessi addetti ai lavori, oggi assistiamo a una rinascita dovuta in primo luogo all'affacciarsi di una nuova generazione di scrittori disposta a confrontarsi con la realtà in divenire, ma soprattutto capace di utilizzare «il linguaggio della verità» con uno sguardo più disincantato ma forse, proprio per questo, più vicino alle cose.

Proprio per dare un ritratto emblematico di questo scenario letterario emergente, si è pensato di radunare in un volume unico alcuni dei pezzi più significativi apparsi in «Nuovi Argomenti» negli ultimi cinque anni. Racconti e reportage narrativi di autori nati tutti dopo il 1970. Questo criterio non è stato scelto per una comoda distinzione generazionale, ma risponde davvero a quello che forse è un comune sentire di questi dodici autori e di molti della stessa età. Ognuno di loro infatti, dopo aver messo a punto propri stili e strumenti, ha scelto di tracciare una via, di volta in volta diversa, ma sempre orientata dritta al cuore del reale. In ogni racconto si può facilmente notare come lo sguardo dell'autore sia puntato su quegli angoli di ombra e controluce che più di altri determinano i colori della nostra quotidianità, nel tentativo di estrarne un'immagine definitissima e capace di mostrarci il solito in modo nuovo.

Da qui è nato il titolo del volume, *A occhi aperti*, per segnalare sin da subito l'essenza delle poetiche di questi autori che anche attraverso le riviste letterarie hanno affilato le loro armi di indagine.

L'arco cronologico in cui sono stati selezionati i testi si estende tra il numero 25 e il numero 38 di «Nuovi Argomenti». Non è un caso che il primo volume dal quale è emersa questa nuova inclinazione sia quello intitolato *Italville* dove quattordici scrittori italiani ancora esordienti o al primo libro furono invitati a rappresentare la loro verità su questa Italia di oggi, indagarne un dettaglio, anche un solo frammento, nel tentativo di renderlo meno oscuro, meno irrisolto.

I pezzi di *A occhi aperti* seguono l'ordine cronologico di pubblicazione su «Nuovi Argomenti». Eccezione a questo criterio di scelta è il testo firmato da Alessandro Piperno. *Reportage inattendibile sui luoghi bellowiani* apparve in due puntate nei numeri 27 e 28, ma partiva da suggestioni presenti nei numeri antecedenti. Qui Piperno mostra quella singolare impronta letteraria caratteristica del suo talento e ampiamente riconosciuta dal consenso di pubblico e critica che incontrò il suo libro d'esordio nel 2005.

Gli altri pezzi aderiscono allo stesso approccio narrativo e sono accomunati da identico sguardo pur nelle differenze di forma e struttura che li segnano.

Così è il caso dei racconti di Flavio Santi, Dario Stefano Dell'Aquila e Alessandro Leogrande in cui lo scrittore in prima persona si immerge in situazioni lasciate nell'ombra, ne indaga i tratti meno conosciuti, con il coinvolgimento del narratore puro e l'occhio lucido dell'intellettuale che analizza e interpreta. Si tratta di tre indagini che esplorando diversi luoghi della società (il confine tra Italia e Slovenia, un ospedale psichiatrico giudiziario e i territori delle nuove generazioni della mafia), ci propongono un punto di vista inedito su alcune delle zone meno esplorate della contemporaneità.

È invece il racconto classico, più squisitamente finzionale, con a volte la narrazione in terza persona, che caratterizza i testi di Pietro Grossi, Leonardo Colombati, Piero Sorrentino e Chiara Valerio. Nonostante la forma tradizionale questi narratori scelgono un'angolazione insolita nel raccontare il mondo, mostrandone i lati più abissali attraverso un evento minimo.

Nel racconto di Grossi l'amicizia tra un giovane e un adulto è simbolicamente fotografata da un bullone ben avvitato. In quello di Colombati si mette a fuoco l'ambiguo apprendistato umano dell'ingegnere nell'abietta quotidianità in una piattaforma in Africa. Sorrentino, attraverso i retroscena dei combattimenti clandestini tra cani, racconta un pezzo di disperata umanità. Infine è il bisogno d'un seno nuovo a segnare la protagonista del racconto di Chiara Valerio e a farla scendere nel vortice della schiavitù degli acquisti a rate. In tutti, il dettaglio non è mero particolare retorico, bensì perno su cui girano gli ingranaggi della storia.

Infine a partire dall'esempio di Roberto Saviano ci troviamo di fronte a un'altra inedita angolazione dello sguardo e l'io narrante diventa protagonista letterario. Così accade ne *La terra padre* – racconto apparso nel maggio 2005 sul numero chiamato *Atlantide, luoghi e personaggi sommersi* – in cui vengono anticipati temi, luoghi, personaggi che ritroveremo nel fulminante esordio dell'anno successivo *Gomorra*.

Su una linea non dissimile da quella tracciata da Saviano si pongono anche i racconti di Vanessa Ambrosecchio, Sara Ventroni e Cristina Rota. Testi che mettono l'esperienza personale dell'autore a servizio della scrittura. Ed è proprio in questi esempi che si manifesta in modo ancora più evidente e necessario il ricorso a quel linguaggio della verità di cui anni prima aveva parlato Siciliano, e che qui vediamo ritornare in una forma nuova.

Vanessa Ambrosecchio racconta le difficoltà relazionali del ragazzino "Dagguanno" in un sistema scolastico fatto di professori rancorosi e impauriti. Il lavoro precario, uno dei temi più importanti di questo periodo storico, è al centro del racconto di Sara Ventroni e viene messo in scena attraverso il rapporto fra due donne, una madre e una figlia, che si trovano a dover rivendicare gli stessi diritti come se nulla fosse cambiato negli anni che le separano. Nel caso di Cristina Rota la voce narrante è quella di una ragazza giovane, ricca e annoiata che si trova ad affrontare una prova per lei sino ad allora impensabile: il duro lavoro in un suinificio.

In ognuno di questi racconti è presente in modo intenso e dominante l'apprendistato di un'esperienza personale, oppure l'indagine diretta sul campo, segnando così quel legame tra letteratura e vita che ha sempre caratterizzato la vocazione di «Nuovi Argomenti».

Dodici racconti legati insieme da un filo rosso che li percorre tutti. Una tensione verso il "vero" che li accomuna, pur nelle differenze di voce e forma. Un'inclinazione a puntare lo sguardo su quei luoghi indecifrabili dell'esistenza dove vi è la possibilità di rintracciare un'incrinatura del reale, il punto di svolta che fa avvertire la vertigine dei percorsi compiuti.

Emersa una generazione, già un'altra sembra affacciarsi all'orizzonte. Altre ossessioni, nuovi stili e nuovi strumenti. E ancora una volta le riviste saranno lì, a segnarne il passo e darne testimonianza.

A occhi aperti

Dagguanno

di Vanessa Ambrosecchio

Di Dagguanno non ricordo il nome di battesimo, e credo che una ragione ci sia, che non giustifica ma che può spiegare la mia dimenticanza. In compenso, il cognome non me lo toglieranno di testa finché campo. Cognome che non avevo mai sentito prima e che da allora, quando me lo ritrovo stampato sul giornale o in qualche insegna per la strada, non posso non associare immediatamente a quel ragazzo.

Ho detto ragazzo ma è un bambino, a vedersi: un alunno di prima media, dieci o undici anni anagrafici, otto apparenti, un metro e quaranta di magrezza scarnata, nervosa, mani e testa grosse attaccate a braccia e collo corti ed esilissimi. In faccia troppo di occhi, ceruleo stinto, e di bocca: qua e là sdentata, non si capisce se per una muta ritardata dei denti di latte o carie precoce – e spesso un grumo d'herpes o qualche crosta di sangue gliela coloriscono.

Gambe e braccia arcuate, Dagguanno, più che camminare abbranca l'aria muovendo a pale le mani, muovendo in giro quegli occhi di locusta, guardingo e sommessamente ringhioso. La prima volta che ho fatto l'appello in sua presenza (erano quindici giorni che non si faceva vedere a scuola e io iniziavo allora la mia supplenza), sento levarsi una specie di verso: «Cca-à è».

Dagguanno usa pochissime parole, sempre le stesse, ma di quelle poche prolunga smisuratamente le vocali, gridando, per esprimersi. Inoltre parla di sé alla terza persona, come uno che non ha dimestichezza con se stesso. Sta seduto di lato, la gamba destra perpendicolare, la sinistra parallela al banco, e la grossa testa precipitata contro la fronte. Non sembra un bambino, ma un avvinazzato che contiene a stento un'esplosione di rabbia. «Cca-à è» l'ha detto col tono di chi, bruscamente riscosso dal legittimo riposo, protesta per l'angheria subita. Poi torna a trincerarsi dietro braccio e pugno, nella posizione abituale. Non è una posizione di riposo. Braccio e pugno, fermi, li si vede impercettibilmente vibrare. Si ha quasi paura a sfiorarlo, ed è giusto averne, perché a sfiorarlo, Dagguanno, prendere la scossa è il meno che possa capitare.

Con lui ogni occasione è buona per litigare. Non parlo dei suoi compagni, quello è scontato. Parlo degli adulti. È sufficiente ordinare, a lui come a tutti, di prendere il libro di grammatica. «'Un l'ho tolto. L'abbruciò» ribatte immediatamente, e ripete il suo grido di protesta con una voce sempre più disperatamente sgraziata. I primi tempi insistevo, ci perdevo tempo, col solo risultato di farlo inferocire. Poi ho guardato come facevano i miei colleghi e ho fatto come loro: l'unico metodo, l'unica pedagogia che sono stata in grado di adottare con lui è stata l'indifferenza. Ma Dagguanno è il ragazzo dei paradossi e appena gli volto le spalle schizza in piedi con fracasso di banchi, sventagliando trionfante il suo libro, «Cca-à è! L'ho tolto! L'ho tolto!» e ride, ride a non finire, con quella bocca enorme zeppa di fori e di denti, tirando la scarsa pelle sulle guance e intorno agli occhi, furiosamente, come una gazza.

Dura poco: è il suo turno per l'esercizio di grammatica e Dagguanno si rifiuta categoricamente di provarci, battendo le mani sul banco per dare forza ai suoi argomenti: «'U-ùn lu sapi fa-àri!», e non basta lasciarlo in pace e passare a un altro. «L'abbrucia! L'abbrucia!» mi avverte, se gli volto le spalle decisa a ignorarlo.

Questa storia del fuoco è un leit motiv di Dagguanno. Chissà dove e come l'ha imparata, chissà soprattutto perché, si sa poco della sua vita. Dall'operatore psicopedagogico, solo che vive coi nonni. Una volta una collega ha raccontato sconvolta in consiglio che, alla sua richiesta di prendere il testo, Dagguanno è scattato a tirar fuori dallo zaino tutti i libri e a gettarli per terra, a due, a tre alla volta, urlando che quello lì l'aveva bruciato: «'U vidisti? 'U vidisti? L'abbruciò!», come se il non esserci di qualcosa o qualcuno equivalesse, per lui, all'essere andato in fumo. «Sarebbe da perquisire ogni volta che mette piede a scuola» ha proposto la collega, dura. Ma a me fa più paura quando lo dice con calma, sorridendo, gli occhi un grumo di vene rosse: «L'abbrucia?», maneggiando un quaderno con dita di rana eccitate, tremanti: sembrano piangere per lui che invece sta ridendo. Per Dagguanno il fuoco è l'inferno, anche se non lo sa.

Una cosa ho imparato, con Dagguanno: che i ragazzi bisogna pensarci due volte prima di toccarli, sia pure un buffetto, una scrollata ai capelli. Quando una volta, per convincerlo a lavorare, gli ho posato una mano sul braccio come a rendere più persuasive le mie parole, Dagguanno ha preso a urlare: «Làssa! Làssa!», come se scacciasse una bestia, con una specie di furibonda paura negli occhi.

Non ci ho riprovato. La "situazione di partenza", nel registro personale dell'insegnante che sostituisco, annota, a proposito di Dagguanno: "soggetto incline alle reazioni aggressive". Rancore camuffato da scrupolo pedagogico, ma lo posso capire. Eppure – basta un nonnulla con lui per fare il finimondo: un compagno chiede di condividere il suo libro, qualcuno gli prende la gomma senza permesso, domandargli di giustificare un'assenza – non è mai lui a incominciare. Sembra che non attenda altro che di essere provocato, che non chieda di meglio, che viva col fiato sospeso per questo, eppure non ci prova mai per primo. Come in ossequio a una legge di giungla. L'ho capito quando l'ho visto litigare con un compagno.

Non c'è, tra i suoi compagni, un'eccessiva suscettibilità agli insulti: certe parolacce se le scambiano volentieri, ridendo. Ma determinate allusioni a madri e sorelle, quelle vengono sistematicamente perseguite. Non è una questione di autentica indignazione, di amor proprio: pestare il colpevole si fa anche se non se ne avesse voglia. Inutile, in questi casi, mettersi di mezzo, insistere con «ora il compagno ti chiede scusa». Non ti vedono, non ti sentono più. Si fissano, a lungo e senza battere ciglio, per alcuni eterni minuti, come gatti prima di giocarsi il controllo del territorio. Poi cominciano col darsi testate, fronte contro fronte: ne senti il rintocco di ossa. Intorno, i compagni parteggiano per l'uno o per l'altro, inveendo contro l'avversario, tifando per l'amico, senza neanche pensare di intervenire, senza provare a dividerli.

Per Dagguanno però non ha parteggiato nessuno quando gli è capitato di sentire le parole grosse sul conto della madre. La sua furia incontrollata e imprevedibile, indizio di fragilità, non lo rende popolare. L'ho visto, invasato dall'ira, far scoccare ripetutamente la sua fronte contro quella del nemico, ma i suoi occhi erano rossigni e se possibile ancor più dilatati, il corpo smilzo tutto un fremito, e un singhiozzo strozzargli la gola, intronargli il testone. Per un attimo, un accenno di supplica all'avversario, la tentazione di essere quello che è, piccolo, indifeso, tirarsi indietro, scappare. Il corpo continua a muoversi ma senza intenzione, tirate in alto le braccia, i pugni chiusi, di peso – non piangere, pensi, perché non sopporteresti di vederlo soccombere. Ma quando l'avversario decide che è il momento e prende l'iniziativa Dagguanno risponde rapidissimo, come a batterlo in velocità e confondere gli astanti, dare a vedere ch'è stata sua la prima mossa, e invece fosse stato per lui avrebbero continuato a incocciare le fronti per l'eternità. Subito sono avvinghiati e non li divideresti mettendoci tutto il corpo, poco dopo si rotolano a terra con una furia animale e fanno udire digrigni, urti di teste contro il muro, di ginocchia sul pavimento in uno sbaragliare di banchi travolti dal tumulto, figurarsi le mie braccia, le mie unghie sulle loro maglie. Quella volta ho avuto paura che s'ammazzassero e sono corsa a chiamare aiuto.

Un giorno ha aggredito l'insegnante di sostegno. Assegnato in quella classe a Giuseppe, un ritardato mentale educato e diligente, Dario, un robusto quarantenne senza qualifica ma con una buona dose di dedizione e buon senso, si occupa in realtà di acciuffare per la classe i più turbolenti e riportarli a posto mentre io tento di fare epica o narrativa. Parla il loro linguaggio, Dario, i ragazzi accettano di buon grado le sue tirate d'orecchio, e il rimprovero si conclude spesso con un'inattesa risata e uno scambio di pacche sulle braccia.

Ma un giorno che Dagguanno persevera nelle sue manifestazioni di ostilità all'intero mondo solo perché l'ho invitato a leggere – legge, sillabando a fatica, scambiando una vocale per l'altra, due righe, poi s'infuria, il sangue gli affolla la testa, e si mette a gridare chiudendo il libro, riaprendolo e richiudendolo con tale foga da farlo saltare sul banco, e dichiarando che sennò l'abbrucia – Dario perde la pazienza. Non c'è un motivo plausibile, Dagguanno non ha disturbato più del solito, basterebbe la mia indifferenza a spegnerlo, prima o poi. Invece a Dario saltano i nervi: è stanco, forse, o ha litigato con la moglie. E agguanta il ragazzo per un braccio, lo tira in piedi da seduto, lo scrolla e ricaccia a sedere lanciando un «O-ò?» più oltraggioso di una provocazione armata. Ho appena il tempo di desiderare che la vista e l'udito mi vengano meno. Dagguanno, infatti, esplode in una gragnola di calci e pugni che stupefanno prima ancora che offendere Dario, e nello stesso tempo, gli occhi sbarrati dal terrore, piange, ma davvero stavolta, le lacrime gli rigano la faccia congestionata, il singhiozzo gli risucchia il labbro inferiore: piange come un bambino picchiato mentre è lui che picchia. Un bambino che piange, mentre picchia: Dagguanno è il ragazzo dei paradossi. Riavutosi, Dario lo ha afferrato per la collottola e lo ha spedito a fare una passeggiata dalla preside.

Per mezzora abbiamo avuto pace, senza Dagguanno, anche se Dario e io eravamo frastornati e i nostri occhi non si sono incontrati finché non è suonata l'ora. Ma al trillo della campana la porta si è spalancata come per un colpo di vento. «Ah - ah - ah!» Dagguanno, col suo versaccio di ciàula, non smette di sbellicarsi in faccia a Dario zompando e inciampando rumorosamente sui banchi e subito saltando in piedi: «Nenti ci fici, 'a preside! Nenti ci fici! Non l'ha sospeso!» con quel riso grinzoso incurante di scoprire le gengive esangui, quell'angolo d'occhio ancora inumidito, quell'assillante, quanto vana domanda di consenso.

L'ultima frase Dagguanno l'ha pronunciata in italiano. Lui e i suoi compagni pronunciano correttamente tutti i vocaboli attinenti alla vita della scuola, di cui non trovano il corrispondente nel dialetto parlato a casa. Come si direbbe in dialetto "sospendere"? E "assentarsi", "giustificare"? E "bocciare"? Queste parole le pronunciano quasi senza inflessione, perché avvertono che è un mondo a parte, la scuola, bisogna afferrarne alcune coordinate per muovercisi, per difendersene: impadronirsi del suo linguaggio è già un segno di rassegnazione a starci dentro. Un buon segno, dunque?

Dario ha incassato il colpo masticando «Bravo, bravo» tra i denti, ma in cuor suo sollevato che la vicenda non si fosse complicata. Dagguanno ha continuato a schizzare qua e là per tutta la ricreazione, smisuratamente felice come altre volte è smisuratamente disperato. È "incline all'aggressività", certo. Come non esserlo, con quel cognome di bestia, di probabile preda. Forse è per questo che non vede l'ora di essere provocato, Dagguanno: perché ce lo vuole raccontare.

Ma noi non vogliamo saperne delle sue storie, si arrabbiano i colleghi. È già tanto riuscire a tenerli dentro un'aula cinque, sei ore al giorno e uscirne noi senza una denuncia per mancata sorveglianza o violenza su minore. Inveiscono contro l'operatore psicopedagogico che li invita a una maggiore disponibilità umana. Perché non ci stai tu cinque, sei ore al giorno in quest'inferno di classe, invece che nel tuo ufficio col bicchiere, l'acqua e le poltroncine. Intenerirci per giunta, abbassare la guardia: non possiamo permettercelo. Pena: soccombere di pietà, di rabbia, di consapevolezza.

Una volta c'era compito in classe. Per la verità, c'era compito in classe una volta alla settimana, era l'unico modo per tenerli sotto controllo il venerdì, che avevo tre ore di fila di cui una senza il supporto di Dario. È evidente che il compito si svolge in un'atmosfera di imprecazioni e proteste, e che in venti minuti è bell'e consegnato, ma tenerli venti minuti coi sederi incollati alle sedie, in quest'inferno di classe, non si può dire che cosa sia.

Per Dagguanno, il compito in classe è una tragedia. Facile immaginare che si rifiuta a priori di provarci. «No-ò! Talè... Talè...» e per provarmi il suo sdegno ripiega malamente il foglio in colonna e spreme pugno e penna per un minuto, per scrivere nome e classe e consegnarlo. «Te'!» mi fa, tendendomi il foglio bianco. «Fai almeno un disegno» insisto, ma già lo so che chiedergli più di un minuto di concentrazione è un rischio. "Incline alle reazioni aggressive", ho letto a proposito di Dagguanno. Ma è piuttosto quel suo cognome a mettermi in guardia, inciso tremulo e deforme, di sbieco, sul foglio.

Quella volta ho insistito un po' troppo. È balzato in piedi scalciando via il banco e attirandosi le ingiurie del compagno che stava scrivendo. «O-é? O-é?» mi ha urlato, sforzandosi con quella sua voce grattata, né di uomo né di donna, di essere minaccioso. Allora come al solito l'ho ignorato, e ho invitato i compagni a fare altrettanto. Ho continuato, con ostentata tranquillità, a dettare il testo. Dagguanno, smanioso, sbraitava versi indistinti e minacce di incendi. È uscito dal banco, gli ha assestato due calci, poi ha aggredito la cattedra, ha gualcito e strappato il registro di classe, ha graffiato le unghie smangiate sulla lavagna. A ogni gesto mi cercava con gli occhi di brace, aspettava un istante un mio rimprovero, poi ne pensava un'altra. Io, passeggiando tra i banchi, gli mostravo le spalle, e intanto calcolavo fra me se le finestre fossero ben chiuse, tutt'al più poteva precipitarsi fuori dalla porta, e là c'erano i bidelli, sempre pronti. Non mi sono voltata mai, non ho ceduto.

Poi all'improvviso non ho sentito più nulla. Lentamente, molto lentamente, per non dargliela vinta e per paura del peggio, ho voltato le spalle. Le sue gambe sottili spuntavano da sotto il quadro della lavagna, dritte. L'ho raggiunto, allora, e ho fatto capolino. Dritto dietro il quadro nero della lavagna Dagguanno aveva assunto la posizione di sempre, il pugno chiuso sulla fronte. L'ho guardato muta. Lui ha scostato appena il pugno e ha scoperto un occhio, uno solo, e non ha più smesso di guardarmi. «Vieni fuori di lì», ma non s'è mosso. Il suo occhio stinto è rimasto spalancato, fisso. S'è abbassata un istante la palpebra, quando gli ho detto di uscire da lì, ma come per un momentaneo cedimento, per stanchezza. Poi è tornato diritto. E io a mia volta lo guardavo diritto, ascoltando quella confessione muta, quell'ostinato punirsi, quello spudorato disgusto di sé. Abbiamo smesso di colpo, entrambi. Io sono tornata al dettato, lui ha finito l'ora al buio della lavagna.

Oggi che insegno in una scuola di bravi ragazzi, dove non ho da aspettarmi versi e insulti e non tengo in tasca il numero del pronto soccorso più vicino, di Dagguanno ho scordato il nome di battesimo. In compenso, il suo cognome non me lo toglieranno di testa finché campo. È appunto questa la ragione che può spiegare, ma che non giustifica la mia dimenticanza.

Willkommen in Friaul

di Flavio Santi

Così i cartelloni pubblicitari sul ciglio della strada salutano gli austriaci e i tedeschi. Questi sono gli stranieri buoni, di quando Renzo Tondo, presidente forzista della regione, era amico del carinziano xenofobo Joerg Haider.

Ma questa è un'altra storia, perché non sto viaggiando verso i laghi smaltati della Carinzia, ma sto tallonando LJ M2 98C. Una targa. Slovena, credo. Montata su una vecchia Prinz 4 verde scuro, dei primi anni Settanta, motore posteriore a due cilindri, l'utilitaria dei poveri. La macchina è davanti a me, a pochi metri, sfreccia, incurante del pericolo, non asseconda neppure le curve, se le mangia. E io dietro con la mia Fiat Bravo 1.4 sx. Questa macchina è sbucata stamattina al semaforo di Buttrio, dopo l'incrocio appena fuori dal centro, e fremendo, a scatti, si ostina a precedermi. L'utilitaria dei poveri. LJ M2 98C. Qua la bellezza la vai a cercare a nord, ai laghi, se procedi verso est, contro vento, evidentemente cerchi qualcos'altro.

Io è da stamattina che lo sto cercando. Il segno della contraddizione, la mela spaccata in due. Ci si può svegliare la mattina, le ascelle intorpidite come si fosse abbracciato un enorme tronco di sequoia, e sentirsi fulminati dalla sensazione che durante la notte la storia è stata come smantellata e distrutta? Proprio mentre noi dormivamo, sistematicamente, da orde barbariche, scariche di napalm, megatoni di brutalità e indifferenza? Il nostro sonno pacifico ha covato le uova da cui si sono schiusi i serpenti peggiori, i boa constrictor della storia? Com'è possibile tutto questo?

La risposta, certo, non la troverò impressa sul lato di qualche fetta biscottata ingoiata in fretta a colazione, quasi per dimenticare le legioni notturne della devastazione. La storia non sono i piccoli gesti di ogni giorno, mi dico seduto a tavola, è qualcosa di più vasto, una collettività che soffre, masse in movimento delirante e febbrile, migrazioni di popoli per mare e per terra, carrette cariche di emigrati, piazze occupate da scioperi e mobilitazioni, le speranze e i miracoli di centinaia di migliaia, se non di milioni o di miliardi di persone.

Salgo in macchina e parto. Ed è qua adesso che mi trovo, in macchina, incollato al sedile. Davanti agli occhi, al di là del parabrezza, LJ M2 98C. Ipnotico come una formula algebrica mi porta dentro la mela spaccata in due. Da Buttrio, con davanti LJ M2 98C, avrò fatto almeno venti chilometri e neanche me ne sono accorto.

Proprio Gorizia è rimasta spaccata in due come una mela, la parte buona all'Italia, quella marcia alla Jugoslavia, adesso Slovenia. Il primo bacio con la lingua l'ho dato a una goriziana, ma anche questa temo sia un'altra storia, per l'esattezza la storia di come persone e fatti ci lascino dei solchi e col tempo si diventi i dischi di vinile di se stessi e allora il grammofono della memoria stride, quando non si combacia più con quei solchi. E questo stridore sono le persone mai più riviste, i fatti mai più vissuti. Per un attimo sento tutto questo, sento la puntina sollevarsi e abbassarsi, girare a vuoto, interrogativa.

La storia di oggi invece, inaugurata dalle angosce mattutine e dalla Prinz slovena, mi porta in questa città, che è il simbolo stesso del confine. Appena entro, LJ M2 98C prende la prima strada a destra e scompare. Il nocchiero mi ha portato a riva, Corso Italia, l'arteria che conduce in centro. Ha esaurito la sua missione, mi lascia a me stesso.

Gorizia martire d'Italia, anche oggi. Città sacra del Primo massacro globale '15-18, da strappare agli austroungarici a tutti i costi. Ma di tutto quel sangue versato, oggi, cosa è rimasto? La storia, appunto, è stata distrutta? Distrutta non lo so ancora, spartita senz'altro.

Nova Gorica è la parte slava di Gorizia, ma gli sloveni lavorano qua, nella parte italiana. L'interno della Slovenia non è come la costa turistica disseminata di alberghi, casinò, possibilità di lavoro. Lavorare qua è molto più duro, e se sei slavo sei anche zingaro. Ci si guarda con sospetto come tra fratelli. Il sospetto è il riflesso della somiglianza: si ha paura di se stessi. Questi sloveni, infatti, non sono altro che l'immagine dei friulani di trenta, quarant'anni fa, ne sono un fedele stampo e come sempre si teme che sia il fratello a portare lo scompiglio. Hanno proprio facce da friulano: gli zigomi aerei, l'anarchia dei capelli bruni, il segno del sole sulla pelle, il ciuffo di lana bagnata, lo sguardo sveglio ma sornione. Vengono qua, passano la dogana, a piedi o in macchina, fanno i muratori, gli operai, i tornitori, gli assistenti meccanici, gli zincatori, regolarmente in nero. La loro moneta, il tallero, rispetto all'euro è medievale, e loro hanno l'espressione di stucchi e frontoni medievali, avanzi di guerre ideologiche e invidie anticapitalistiche: per guardare inclinano gli occhi di traverso, come se la luce diffusa qua, oltre confine, fosse diversa, meno pura, più compromessa. La loro salvezza è da questa parte del confine, sì, sarà anche impura, ma se non ci fosse...

È uno scontro di civiltà? Gli uni bisognosi ma furiosi, lo

vedo dagli occhi, non poter lavorare per il proprio paese, per il benessere della Slovenia, li offende, così non fanno amicizia, fingono di non capire niente d'italiano e sputano continuamente a terra. Sono sempre nervosi. Gli altri, i friulani, ricchi, ma ex poveri, con le croste della fame ancora vive sulle labbra che qui sono particolarmente sottili.

Caduto il muro di Berlino, Gorizia è rimasta l'ultima città divisa, tagliata in due. Sembra il fondale di un film espressionista, con la pietra grigia dei palazzi settecenteschi, le sfumature cenere delle arcate, il gotico dei portoni. Quale dottor Caligari spunterà spiritato dal cono d'ombra di questo vano che dà sulla strada? Quale studente di Praga frapporrà i suoi passi ai miei?

Intanto ogni sloveno che incontro ha la faccia nobile di Gavrilo Princip, lo studente della Narodna Obrana che uccise l'arciduca Francesco Ferdinando e che per un sogno di libertà portò l'Europa dentro un incubo di quattro anni, la Grande Guerra. E quell'incubo ha poi segnato Gorizia. Così sarebbe più che naturale se proprio qua si reincarnasse lo spirito di Gavrilo. Anzi, forse ogni friulano di qua li considera *singars* (zingari) proprio perché ogni zingaro ha la faccia di Gavrilo e ogni volta che ruba a un friulano rinnova il gesto attentatore sotto altra spoglia.

Se Siegfried Kracauer ha detto che l'espressionismo anticipava Hitler, cosa pensare allora di questo quadro teso e allarmato? A cosa prelude? Cosa annuncia? Che forse, come mi suggeriva la sensazione di questa mattina, la storia ha esaurito la sua secolare pazienza e le sue lunghe sinfonie consolatrici, e che non solo non si ripete, ma anzi si sta sfaldando e lacerando? La storia, una signora decrepita dal pesante trucco liquefatto e il liquame che le cola, ci sta travolgendo. Lascio Gorizia/Nova Gorica con questa paura.

Dietro Gorizia il Carso isontino è la disperazione della carne: doline e avvallamenti, erbe rade e secche a perdita d'occhio, cespugli di vetriole e ortiche. Salgo sul San Michele per immaginare che effetto faceva la guerra a dei ragazzotti analfabeti, spediti sul fronte a massacrarsi, finiti a concimare la terra che calpestiamo. In cima al monte il nulla: il museo è temporaneamente chiuso, nessuna segnalazione indica le trincee. La storia è cancellata, mentre a valle la fa chi preme dal confine. L'idea stessa di fare storia è cambiata, ma ciò non toglie che le trincee esistano ancora e che siano quei fossi non molto profondi che tagliano di tanto in tanto la terra calcarea dietro il casotto del museo.

Stesso desolante senso di assenza a Basovizza: qua la foiba è stata interrata e così anestetizzata, il terrapieno è un pretesto per nascondere e minimizzare. Così resta una spianata brulla su cui poggia una pesante lastra di granito in memoria. La verticalità assassina della foiba è stata raddrizzata in un'orizzontalità burocratica e commemorativa. Avessi trovato scritto, inciso da qualche parte, magari proprio sulla lastra, "Ma chi cazzo se ne frega", sarebbe stato meno ipocrita di adesso, che una finzione parastatale cerca di suggellare goffamente il ricordo di una tragedia.

Lo stesso imbarazzo, freddo, del vecchietto in paese che alla mia brutale domanda (in tono involontariamente accusatorio, lo riconosco) «Ma le foibe dove sono?» mi ha risposto: «Vada avanti...». Anche qui non ci sono indicazioni, ci si perde nel paese finché non incontri appunto un vecchietto gentile e schivo, e scopri che si deve attraversare la statale 14 e imboccare poi una via a senso unico che sembra quasi un lungo budello cieco in mezzo a foreste di pini neri popolate da lupi. Potrebbero tornare, penso, non più vestiti da titini ma da disperati più essenziali, e sul momento nessuno se ne accorgerebbe. "Tre dalmatinski / Comando partigian / Cuori a la Zrinski / Tre mitra in man": mi viene in mente Carolus Cergoly, le sue nenie mitteleuropee. Varcherebbero il confine e darebbero voce alla loro idea di giustizia, per quanto antiumanitaria e folle. Rinnoverebbero l'urlo di un goriziano disperato, Carlo Michelstaedter: "Vita, morte, / la vita nella morte; / morte, vita, / la morte nella vita". E avrebbe una sua logica, distorta e terribile.

Mai, mai e poi mai giustificare, ma entrare nella testa di chi considera la propria vita così inutile da imbottirla di esplosivo, questo sì. Entrare per vedere, forse, solo del buio, un infinito tunnel vuoto e nero, ma quando non hai terra su cui posare i piedi, forse, non ti servono più, i piedi. Qua li appoggiano, ma non sanno per quanto. Il loro paese è povero, loro passano ogni giorno la dogana ed è come attraversare un invisibile rasoio che, giorno dopo giorno, ti assottiglia. Credono che gli togliamo la vita (e quindi tanto vale...), e poi al di qua del confine si crede la stessa cosa di loro, che vengono qui per minacciare il Friuli. Ma è la storia dei due fratelli contendenti, Romolo e Remo: nella diffidenza scorre lo stesso sangue.

L'ondata della guerra fratricida che sconvolse la Jugoslavia si fermò molto prima del confine: la Slovenia ne fu sfiorata appena, l'epicentro è stata la Bosnia-Erzegovina. La striscia isontina e triestina i cannoni che hanno tuonato su Zvornik, Sarajevo, Bratunac, Prijedor, Mostar, non li ha neppure sentiti. Forse i caricatori hanno latrato nei sogni di qualche cattiva coscienza. Del resto dire se è Italia o Slovenia questa sottile lingua di terra bruna e urticante non è facile, quando le persone si chiamano Marko Polic o Katarina Fumich e salutano con "zdravo", ma poi, come se niente fosse, passano al "ciao". Eppure non hanno preso il fucile, hanno fatto un tacito patto di mutua sopportazione: inutile prevaricarsi, si sono detti, meglio tenersi la mela spaccata in due.

Macerie recenti e macerie passate. A questo punto lascio anche Basovizza. La paura, invece di svanire, si è moltiplicata.

Passare, infine, sopra Trieste percorrendo la tangenziale issata in alto, oltre la città, è un'esperienza di profonda malinconia urbana: alle otto di sera la strada è libera, il tachimetro sale a 140, la luce si sta scomponendo in tanti colibrì blu. Da una parte, laggiù in fondo, il mare è lucido, solcato a distanze ampie ma geometriche da qualche nave cisterna e qualche traghetto. Dall'altra parte, sopra la mia testa, la montagna ha colori ruvidi. Al di là c'è la Jugo, come la chiamano qua, ora Slovenia, e se seguo un percorso mentale li faccio tutti i paesi della disperazione, Mostar, Sarajevo, Srebrenica, Brcko, Prijedor, Bratunac, Bjeljina. Tre dalmatinski comando partigian cuori a la Zrinski tre mitra in man, tre dalmatinski comando partigian cuori a la Zrinski tre mitra in man...

Vista da qua sopra Trieste è indifesa, chiusa tra due mostri della natura, l'acqua e la roccia, e così mi si manifesta, finalmente, alle otto di sera, sotto forma di metafora, l'essenza stessa della storia: acqua e roccia. L'acqua che i fatti fendono e modificano, a volte fino all'umiliazione; la roccia che non muta mai e si oppone ostinata a ogni prevaricazione. Certo, anche così non ho ancora trovato una risposta alla paura che la storia sia stata nel frattempo distrutta e smantellata, ma almeno ho placato, momentaneamente, la mia furia randagia. All'improvviso, dallo specchietto retrovisore, vedo il tramonto, il sole è immerso in un vortice di nubi sanguigne. Così a questo tramonto dai colori dell'arenaria, diviso tra Friuli e Slovenia, consegno le mie ansie future.

La terra padre

di Roberto Saviano

> Che m'hai combinato, notte?
> Me ne sto in piedi qui col mio cilindro.
> Non c'è nessuno con me.
> Sono solo...
>
> *Sergej Esenin*

Ci avevo passato le dita sopra. Avevo anche chiuso gli occhi. Facevo scivolare il polpastrello dell'indice sull'intera superficie. Dall'alto in basso. Poi quando passavo sul buco, mezza unghia si arenava. Lo facevo su tutte le vetrine. A volte nei fori entrava l'intero polpastrello, a volte mezzo. Poi aumentai la velocità, percorrevo la superficie liscia in modo disordinato come se il mio dito fosse una sorta di verme impazzito che entrava ed usciva dai buchi, superava gli avvallamenti, scorazzando sul vetro. Sin quando la pelle mi si tagliò di netto. Continuai a strisciarlo lungo la vetrina lasciando un alone acquoso rosso porpora. Aprii gli occhi. Un dolore sottile, immediato. Il buco si era riempito di sangue. Smisi di fare l'idiota ed iniziai a succhiare la ferita.

I fori dei kalashnikov sono perfetti. Si stampano violenti sui vetri blindati, scavano, intaccano, sembrano dei tarli che mordicchiano e poi lasciano la galleria. I colpi di mitra visti da lontano danno un'impressione strana, come decine di bollicine formatesi nel cuore del vetro, tra le diverse patine blindate. Quasi nessun commerciante dopo una sventagliata di kalashnikov sostituisce le vetrine. Qualcuno spreme dentro i fori la pasta di silicone, qualcun altro li copre con nastri adesivi neri, la parte maggiore lascia così com'è il tutto. Una vetrina blindata di un negozio può costare anche cinquemila euro, meglio tenersi quindi, queste decorazioni violente. E poi in fondo, divengono anche attrattiva per gli acquirenti che si fermano con curiosità, chiedendosi che cosa è successo, intrattenendosi con il proprietario dell'esercizio, insomma magari comprano anche qualcosa in più del dovuto. Piuttosto che sostituirle si aspetta magari che le facciano implodere con la prossima raffica. A quel punto l'assicurazione paga, perché se si arriva la mattina presto e si fanno scomparire i vestiti, la raffica di mitra viene rubricata come rapina.

Sparare sulle vetrine non è sempre un gesto di intimidazione, un messaggio da veicolare con le pallottole, quanto piuttosto una necessità militare. Quando arrivano nuove partite di kalashnikov bisogna testarli. Vedere se funzionano, notare se la canna è ben messa, prenderci confidenza, verificare che i caricatori non si inceppino. Potrebbero esercitare i mitra in campagna, sui vetri di vecchie auto blindate, comprare lastre da sfasciare in tranquillità. Non lo fanno. Sparano invece sulle vetrine, sulle porte, sulle saracinesche, un modo per ricordare che non c'è cosa che non possa esser loro e che tutto in fondo è una concessione momentanea, una delega di un'economia che solo loro distribuiscono. Una concessione, null'altro che una concessione che in ogni momento potrebbe esser revocata. E poi c'è anche un vantaggio indiretto poiché in zona, le vetrerie che hanno i migliori prezzi sui vetri sono tutte legate ai clan, quindi più vetrine rovinate, più danaro per vetrerie.

La notte precedente erano arrivati una trentina di kalashnikov dall'Est. Dalla Macedonia. Skopije - Gricignano d'Aversa, un viaggio veloce, tranquillo che aveva riempito i garage della camorra di mitra e fucili a pompa. La camorra appena cadde la cortina socialista incontrò i dirigenti dei partiti comunisti allo sbando. Al tavolo della trattativa si sedettero rappresentando l'Occidente potente, capace e silenzioso. Sapendo della loro crisi i clan acquistarono informalmente dagli stati dell'Est – Romania, Polonia, ex Jugoslavia – interi depositi di armi, pagando per anni gli stipendi ai custodi, ai piantoni, agli ufficiali addetti alla conservazione delle risorse militari. Insomma una parte della difesa divenne mantenuta dai clan camorristici. Il miglior modo in fondo per nascondere le armi è tenerle nelle caserme. Così negli anni, nonostante gli avvicendamenti dei capi, le faide interne, e le crisi i boss hanno avuto come riferimento non il mercato nero delle armi ma i depositi degli eserciti dell'Est a loro completa disposizione. I mitra quella volta li avevano stipati in camion militari che ostentavano sui fianchi la traccia della Nato. Tir rubati dai garage americani, e che grazie a quella scritta potevano girare tranquillamente per mezza Italia.

A Gricignano d'Aversa la base Nato è un piccolo colosso inaccessibile, come una colonna di cemento armato piazzata in mezzo ad una pianura. Non si vedono quasi mai gli americani. I controlli sono rari. I camion della Nato hanno massima libertà e così quando le armi sono giunte in paese, gli autisti si sono pure fermati in piazza, hanno fatto colazione, hanno spugnato il cornetto nel cappuccino, chiedono in giro per il bar di poter contattare "un paio di neri per scaricare roba, velocemente". E il termine "velocemente" tutti sanno cosa significa. Le casse di armi sono solo un po' più pesanti delle casse di pomodori, i ragazzi africani che vogliono fare un po' di straordinario dopo aver lavorato nelle campagne, prendono due euro a cassa, il quadruplo di una cassetta di pomodori o mele. Una volta lessi su rivista della Nato – rivolta ai familiari dei militari all'estero – un articoletto dedicato a chi doveva venire a Gricignano d'Aversa. Tradussi il brano e me lo scrissi su un'agenda. Per ricordarlo. Diceva: «Per capire dove state andando ad abitare, dovete immaginarvi i film di Sergio Leone. È come il Far West, c'è chi comanda, ci sono sparatorie, regole non scritte e inattaccabili. Ma voi non preoccupatevi. Verso i cittadini ed i militari americani ci sarà il massimo rispetto e la massima ospitalità. In ogni caso uscite solo se necessario dal comprensorio militare». Mi aiutò quell'articolista yankee a capire meglio il posto dove abitavo.

Quella volta Mariano aveva una strana euforia. Stava dinnanzi al bancone del bar eccitatissimo. Si caricava di Martini a prima mattina.

«Cos'hai?»

Glielo chiedevano tutti. Persino il barista si rifiutò di riempirgli il quarto bicchiere. Ma lui non rispondeva, come quando non si risponde perché chi pone la domanda ha in qualche modo già la capacità di capire da sé e non lo fa solo per pigrizia.

«Io lo voglio andare a conoscere, mi hanno detto che è ancora vivo. Ma è vero?»

«Cosa è vero?»

«Ma come ha fatto. Io mò mi prendo le ferie e lo vado a conoscere...»

«Ma chi? Cosa?»

Era completamente in estasi.

«Ti rendi conto, è leggero, preciso, poi spari venti, trenta colpi, e non sono passati neanche cinque minuti... è un'invenzione geniale!»

Il barista lo guardò come chi guarda un ragazzino che ha penetrato per la prima volta una donna, e porta sul volto un'espressione decifrabile, la medesima di Adamo. Un gesto che ogni essere al mondo ha fatto e farà ma che ognuno vivrà come pioniere. Il barista capì da cosa proveniva l'euforia, rivide nel ragazzo la sua faccia e forse la medesima eccitazione di quando era giovane. Subito versò il quarto Martini, questo però glielo offrì alla sua salute.

Mariano aveva provato per la prima volta un kalashnikov ed era rimasto così favorevolmente impressionato dall'aggeggio che voleva incontrare il suo inventore, il tenente Mikhail Kalashnikov. Non aveva mai sparato a nessuno, nel clan era entrato per seguire la distribuzione di alcune marche di caffè in diversi bar del territorio. Ogni bar si rivolgeva ad agenti commerciali affiliati alle *famiglie* che proteggevano alcune marche precise di caffè e Mariano, che si era laureato in Economia e Commercio, aveva il compito di trattare con i rappresentanti delle aziende che volevano mettersi in affari con il clan ed aumentare il loro guadagno. Aveva una rete di commercio dal basso Lazio alla Lucania. Giovanissimo aveva responsabilità di decine di milioni di euro poiché erano centinaia i bar e le aziende di caffè che volevano entrare nella rete commerciale del clan. Il capozona però non voleva che i suoi uomini laureati o no, soldati o dirigenti commerciali, non fossero capaci di sparare e così gli aveva dato il mitra in mano. Di notte Mariano aveva scaricato un po' di pallottole su diverse vetrine, scegliendo i bar a caso. Non era un avvertimento ma insomma, anche se lui non sapeva il reale motivo per cui sparava su quelle vetrine, i proprietari sicuramente un motivo valido l'avrebbero trovato. Una causa per sentirsi in errore c'è sempre. Mariano chiamava il mitra con tono truce e professionale: AK 47. Il nome ufficiale della mitragliatrice più celebre al mondo. Un nome piuttosto semplice, dove AK sta per "avtomatni kalashnikova", ovvero "l'automatica di Kalashnikov", e dove 47 si riferisce all'anno della sua selezione come arma per l'esercito sovietico. Le armi spesso hanno nomi cifrati, lettere e numeri che dovrebbero celare la loro potenza letale, simboli di spietatezza. In realtà sono ridicoli, banali nomi dati da qualche sottoufficiale incaricato di rubricare in deposito nuove armi come nuovi bulloni.

L'ultima volta che avevo sentito dei colpi di mitra era stato qualche anno fa. Vicino all'università di Santa Maria Capua Vetere, non ricordo bene, era un quadrivio però, ne sono certo. Quattro macchine bloccarono l'auto di Sebastiano Caterino, un camorrista da sempre vicino ad Antonio Bardellino, il capo dei capi della camorra casertana negli anni Ottanta e Novanta, e lo massacrarono con un'orchestra di kalashnikov. Quando Bardellino scomparve e la dirigenza cambiò, Caterino riuscì a scappare, a sottrarsi alla mattanza. Per tredici anni non era uscito di casa, aveva vissuto nascosto, metteva il naso fuori di notte, camuffandosi, uscendo dal portone della sua masseria in auto blindate, trascorrendo la vita fuori dal suo paese. Pensava di aver trovato una nuova autorevolezza dopo tanti anni di silenzio. Credeva che il clan rivale, ormai dimentico del passato, non avrebbe attaccato un vecchio leader come lui. E così si era messo a tirar su un nuovo clan a Santa Maria Capua Vetere, la vecchia città romana era diventata il suo feudo. Il maresciallo di San Cipriano d'Aversa, il paese di Caterino, quando è arrivato sul luogo dell'agguato, ha avuto un'unica frase: l'*hanno fatto male proprio*! Qui infatti dipende da quanti colpi ricevi per valutare come sei stato trattato. Essere ucciso non è condizione oggettiva di per sé di condanna spietata. In fondo la sola morte non concede la misura del dolore. Se ti ammazzano con delicatezza, un colpo alla testa o alla pancia, viene letta come un'operazione necessaria, chirurgica, senza rancore. Ficcare oltre duecento colpi nell'auto e oltre quaranta nel corpo è invece un modo assoluto di cancellarti dal fegato della terra. La camorra ha una memoria lunghissima e capace di pazienza infinita. Tredici anni, centocinquantasei mesi, quattro kalashnikov, duecento colpi, una pallottola per ogni mese d'attesa. Le armi in certi territori hanno anche la traccia della memoria, conservano in loro stesse con livore, una condanna che poi sputano al momento giusto.

Quella mattina passavo le dita sulle decorazioni da mitragliatrice con lo zaino indosso. Stavo per partire, dovevo andare da mio cugino a Milano. È strano come con chiunque parli, qualunque sia l'argomento, appena dici che stai per andartene via ricevi auguri, complimenti e giudizi entusiasti: *è così che si fa, fai benissimo, lo farei anch'io.* Non devi aggiungere dettagli, specificare. Devi soltanto dire che partirai. Indipendentemente da cosa andrai a fare, partire sarà cosa buona e positiva. Migliore che vivere qui. Qualunque sia il motivo sarà più importante di quelli che troverai per continuare a vivere in queste zone. Quando mi si chiede di dove sono, non rispondo mai. Vorrei rispondere del Sud, ma mi pare troppo retorico. Quando poi me lo si chiede su un treno, mi fisso i piedi e fingo di non aver sentito, poiché mi viene in mente *Conversazione in Sicilia* di Vittorini, e rischio, se solo apro la bocca, di cantilenare la voce di Silvestro Ferrato. E non è il caso. I tempi mutano, le voci sono le medesime. In viaggio però mi capitò di incontrare una signora grassona ficcata a malo modo nel sediolino dell'Eurostar. Era salita a Bologna con una voglia incredibile di parlare per ingolfare anche il tempo oltre che il suo corpo. Insisteva per sapere da dove venivo, cosa facevo, dove andavo. Avevo voglia di rispondere mostrandole la ferita al polpastrello, e basta. Ma lasciai perdere. Risposi: sono di Napoli. Una città che lascia parlare talmente tanto che basta pronunciarla per emanciparsi da ogni tipo di risposta. Un luogo dove il male diviene tutto il male, ed il bene tutto il bene. Mi addormentai.

Mio cugino m'aspettava alla stazione. Lavorava in una grossa impresa di costruzioni, la *CostruGe,* fondata con capitali delle nostre parti. Aveva chiesto un permesso di un'ora per venirmi a prendere e subito ritornò in ufficio. Il palazzo della *CostruGe* svettava imponente. Si affacciava con la sua scritta al neon sulla sfera della fontana di San Babila. Quello che a sud rapinavano, quintali di sabbia raccolta dalla costa domizia, materiale inerte estratto dalle cave abusive, finiva nelle villette costruite in Lombardia e Veneto. *CostruGe* era l'impresa edile più veloce di Milano. Manodopera qualificata a basso costo, operai che a lavoro ultimato si infognavano di nuovo a sud, scomparendo velocemente. Assicurazioni finte, prezzi bassissimi, qualità esponenzialmente brillante. Mio cugino avrebbe voluto presentarmi il suo capoufficio. Era di Varese ma sapeva di dover trattare bene i compaesani di coloro che gli davano da guadagnare e i conterranei delle migliori maestranze della sua azienda. Non entrai. Rimasi fuori. Un passo prima di essere identificato dalla fotocellula che avrebbe fatto aprire le porte, capii che non avrei neanche voluto guardare quel dirigente di Varese. Lasciai mio cugino entrare a lavoro.

La prima cosa che mi venne in mente fu di chiudere gli occhi e passare il polpastrello sui vetri blindati dell'entrata dell'azienda. Lo feci. Nessun foro. Avrei avuto voglia la notte stessa di ripartire. Il neon di piazza San Babila mi rimbalzava sulle palpebre. Tutto il medesimo. Avevo cambiato luogo, non era mutato nulla. Il mio desiderio di andarmene fu accontentato presto. La mattina dopo, prestissimo, Mariano mi chiamò ansioso. Servivano un po' di contabili ed organizzatori per un'operazione molto delicata che alcuni imprenditori delle nostre zone stavano facendo a Roma. Giovanni Paolo II stava male, forse era persino morto ma ancora non avevano ufficializzato la notizia. Negozi, alberghi, ristoranti, supermercati, avevano bisogno in pochissimi giorni di enormi e straordinari rifornimenti di ogni tipo di prodotto. C'era da guadagnare un mare di danaro, milioni di individui in brevissimo tempo si sarebbero riversati sulla capitale, vivendo per strada, trascorrendo ore lungo i marciapiedi, dovendo bere, mangiare, in una parola: comprare. Si potevano triplicare i prezzi, vendere ad ogni ora, anche di notte, spremere profitto da ogni minuto. Mariano fu chiamato in causa, mi propose di fargli compagnia e per questa gentilezza mi avrebbe passato qualche danaro. Nulla è gratuito. Anche l'amicizia, quando sentita, viene ripagata con una mazzetta riconoscente. A Mariano era stato promesso un mese di ferie così da poter realizzare il sogno di andare in Russia ad incontrare Mikhail Kalashnikov; aveva avuto persino garanzie da un uomo delle famiglie russe amico di Don Mezzanotte, che aveva giurato di conoscere Kalashnikov. Mariano avrebbe potuto così conoscerlo, fissarlo negli occhi, toccare le mani che avevano inventato il potente mitra. Don Mezzanotte invece voleva una sua foto autografata. Con dedica ovviamente.

In meno di due settimane la camorra era riuscita ad organizzare a Roma una forza economica che qualsiasi impresa avrebbe raggiunto soltanto dedicando un piano biennale di pianificazione. Centinaia di camion usati in tutta Italia per distribuire prodotti tecnologici, cemento, cassette di frutta, divennero in una notte Tir da trasporto alimentare. In poche ore i clan avevano dirottato sulla capitale tutti i veicoli che dovevano arrivare ai supermarket della loro rete in mezza Italia. Chi in altre parti del paese attendeva rifornimenti si vide costretto ad attendere. Ma i Tir non bastavano, una decina bisognava sequestrarli, insomma rapinarli. Troppo pochi uomini erano dislocati sulle strade del Nord pronti per rapine e così scattò il solito gioco. I camorristi mandarono i loro "amici" a casa di alcuni camionisti di Formia, Latina e Roma, da lì questi telefonarono ai cellulari degli autisti in viaggio. Gli autisti vedevano la scritta "casa" sullo screen saver e rispondevano subito ma invece di sentire la voce della moglie ascoltavano quella degli "amici". A quel punto non serviva dare altra indicazione, solo un indirizzo dove scaricare la roba, non più quello per cui erano stati ingaggiati, ma uno nuovo dove la camorra aveva deciso dover dislocare i prodotti. Una rapina senza pistole, senza minacce, una rapina senza neanche palesare l'intenzione di rapinare.

Mariano a Roma aveva il compito assieme ad altri funzionari economici del clan di incontrare agenti e proprietari di negozi per proporgli i prodotti straordinari. I prezzi che la camorra proponeva erano convenienti e potevano contare sul valore aggiunto dell'immediatezza della distribuzione. Una era però la cosa più richiesta: l'acqua. La domanda di bottiglie sarebbe stata enorme ed ancor più i controlli dei nuclei antisofisticazione sarebbero stati nulli. Il guadagno, con un po' di spirito imprenditoriale, poteva essere sterminato. Così migliaia di bottiglie vuote accatastate per il riciclo della plastica, da Aversa a Torre del Greco, furono fatte gonfiare, se accartocciate, sterilizzate e riempite d'acqua non delle fonti ma dei rubinetti. Migliaia di contenitori sigillati negli stabilimenti di imprenditori vicini al Sistema contenevano acqua di rubinetto pagata dai comuni campani e venduta come acqua liscia in bottiglie usate. Un guadagno del 500 per cento. Ma non bastava la vendita legale, anche quella abusiva bisognava controllare. Così, racimolati i venditori ambulanti sui treni, li spedirono a Roma ma non erano abbastanza. La criminalità organizzata doveva far concorrenza ai negozi a cui lei stessa aveva venduto all'ingrosso la merce. Così furono coinvolti i pusher che smisero di spacciare e furono trasformati in ambulanti abusivi, venditori di panini, ciambelle, acqua e birre. Una metamorfosi che tutti i servizi sociali e di recupero della nazione non sarebbero riusciti a fare.

La camorra in quarantotto ore aveva messo su la sua macchina imprenditoriale pronta ad accogliere i fedeli come portatori di contante e di bisogni. Adam Smith sarebbe stato fiero dei clan delle mie parti.

Roma il giorno dei funerali del Papa era un carnaio. Impossibile riconoscere i volti delle strade, i percorsi dei marciapiedi. Un'unica epidermide di carne aveva rivestito il catrame, le entrate dei palazzi, le finestre, una colata che si incanalava in ogni possibilità di spazio. Una colata che sembrava aumentare il proprio volume sino a far esplodere i canali in cui confluiva. Ovunque esseri umani. Ovunque. Un cane terrorizzato si era nascosto sotto un autobus tremante, aveva visto ogni suo spazio vitale violato da piedi e gambe. Io e Mariano ci fermammo sul gradino di un palazzo. L'unico a riparo da un gruppo che, come voto, aveva deciso di cantare per sei ore di seguito una canzoncina ispirata a San Francesco. Ci sedemmo a mangiare un panino. Ero esausto. Mariano invece non si stancava mai, ogni energia gli veniva pagata e questo lo faceva sentire perennemente carico. Notai una ragazza in un gruppo di fedeli, credo libanesi. Ho la mania di fotografare visi, di prender ritratti. Ma solo per caso. Odio impostare le scene. La ragazza aveva dei tratti complicati. Un viso carnoso, dove gli occhi ed i fori del naso sembravano risultati di qualcuno che aveva tolto dei pezzi di materiale dalla pasta della faccia. Capelli nerissimi e labbra spesse. Dovevo fotografarla. Tentai di farlo, cacciai la macchinetta, ma non feci in tempo. Il traffico umano era troppo complesso. Si ficcò in qualche fila di fedeli ed io mi trovai a procedere contromano. La persi. Ma mentre cercavo di tornare da Mariano mi sentii chiamare. Avevo capito ancor prima di voltarmi di chi si trattava. Era mio padre. Da due anni non ci vedevamo, avevamo vissuto nella stessa città senza mai incontrarci. Incredibile trovarsi nel labirinto di carne romano. Era imbarazzatissimo. Non sapeva come salutarmi e forse neanche se poteva farlo come avrebbe voluto. Ma era euforico come in quelle gite dove sai che in poche ore ti capiteranno cose belle, le stesse che non potranno ripetersi per i successivi tre mesi almeno, e quindi vuoi berle tutte, sentirle sino in fondo, velocemente però, per paura di perdere le altre felicità nel poco tempo che ti rimane. Aveva approfittato di una compagnia di volo rumena che aveva abbassato i costi dei voli verso l'Italia per via della morte del Papa, e così aveva pagato il biglietto a tutta la famiglia della sua compagna. Tutte le donne del gruppo avevano un velo sui capelli ed una corona di rosario arrotolata intorno al polso. Impossibile capire in quale strada ci trovavamo, ricordo solo un enorme lenzuolo che campeggiava tra due palazzi. *Undicesimo comandamento: Non spingere e non sarai spinto.* Scritto in 12 lingue.

Erano contenti i nuovi parenti di mio padre. Contentissimi di partecipare ad un evento così importante come la morte del Papa. Tutti sognavano sanatorie per gli immigrati. Soffrire per lo stesso motivo, partecipare ad una manifestazione così immensa e universale era, per questi rumeni, il miglior modo di prendere cittadinanza sentimentale e oggettiva con l'Italia, ancor prima che quella formale.

Mio padre adorava Giovanni Paolo II, il fascino di quest'uomo che faceva baciare a tutti la sua mano lo esaltava. Come era riuscito senza palesi ricatti e chiare strategie a raggiungere quel potere immenso d'ascolto, lo intrigava. Tutti i potenti si inginocchiavano dinnanzi a lui. A mio padre questo bastava per ammirare un uomo. Lui stesso lo vidi inginocchiarsi per strada assieme alla madre della sua compagna per recitare un rosario improvvisato. Dal mucchio di parenti rumeni, vidi spuntare un bimbo. Capii subito che era il figlio di mio padre e di Micaela. Sapevo che era nato in Italia per poter avere la cittadinanza, ma che per esigenze della madre aveva sempre vissuto in Romania. Cercava di tenersi ancorato alla sua gonna. Non l'avevo mai visto ma conoscevo il suo nome. Stefano Nicolae. Stefano come il nonno paterno, Nicolae come quello materno. Mio padre lo chiamava Stefano, sua madre ed i suoi zii rumeni Nico. In breve sarebbe stato chiamato Nico, ma mio padre non aveva ancora avuto il tempo d'essere sconfitto. Ovviamente il primo dono che aveva ricevuto dal padre appena sceso dalle scalette dell'aereo, era un pallone. Mio padre vedeva per la seconda volta il figlioletto ma lo trattava come se fosse sempre stato dinnanzi ai suoi occhi. Lo prese in braccio e mi si avvicinò.

«Nico adesso viene a vivere qui. In questa terra. Nella terra del padre.»

Non so perché ma il bimbo si intristì nell'espressione, lasciò cadere il pallone, riuscii a fermarlo con un piede prima che si perdesse irrimediabilmente tra la folla. Mi venne d'improvviso in mente l'odore mischiato di salsedine e polvere, di cemento e spazzatura. Un odore umido. Mi ricordai di quando avevo dodici anni, mio padre venne nella mia stanza, ero appena sveglio. Forse di domenica:

«Tuo cugino ti rendi conto già sa sparare e tu? Sei meno di lui?»

Mi portò al Villaggio Coppola sul litorale domizio. La spiaggia era una miniera abbandonata di utensili divorati dalla salsedine e avvolti in croste di calce. Sarei stato a scavare per giorni interi, trovando cazzuole, guanti, scarponi sfondati, zappe spaccate, picconi sbeccati ma non venivo portato lì per giocare nella spazzatura. Mio padre passeggiava cercando i bersagli, quelli che preferiva erano le bottiglie. Quelle Peroni, le predilette. Non so perché. Mise le bottiglie sul tetto di una 127 bruciata, ce n'erano molti di scheletri d'auto. Le spiagge erano anche un enorme raccoglitore di tutte le macchine bruciate usate per rapine o agguati. La Beretta 92Fs di mio padre me la ricordo ancora. Era tutta graffiata sul corpo, sembrava brizzolata, una vecchia signora pistola. Tutti la chiamavano M9 non ho mai capito il motivo. Ma la sento sempre citare con questo nome: *ti metto un M9 tra gli occhi, devo cacciare l'M9? Cavolo mi devo prendere un M9.* Mio padre mi mise in mano la Beretta. La sentii pesantissima. La cosa più pesante che avessi tenuto in mano assieme ad una giara di olio bellissima che avevo tentato di sollevare qualche anno prima. Il calcio della pistola è ruvido, sembra di carta vetrata, ti si appiccica nel palmo e quando ti sfili la pistola di mano sembra quasi che ti graffi con i suoi piccoli denti. Mio padre mi indicò come togliere la sicura, armare la pistola, stendere il braccio, chiudere l'occhio destro, se il bersaglio era a sinistra, e puntare.

«Robbè il braccio morbido ma tosto. Insomma tranquillo ma non flaccido... usa le due mani...»

Prima di tirare il grilletto con tutta la forza dei due indici che si spingevano a vicenda, chiusi gli occhi, alzai le spalle come se volessi tapparmi le orecchie con le scapole. Il rumore degli spari ancora oggi mi dà un fastidio terribile. Devo avere qualche problema ai timpani. Resto stordito per mezz'ora dopo uno sparo.

Quando centrai finalmente il primo bersaglio della mia vita provai una sensazione mista di orgoglio e senso di colpa. Ero stato capace di sparare, finalmente ero capace. Nessuno poteva più farmi del male. Ma ormai avevo imparato ad usare un arnese orrendo. Uno di quelli che una volta che lo sai usare non puoi più smettere. Come imparare ad andare in bicicletta. Una volta che hai preso l'equilibrio non riuscirai mai più a perderlo.

La bottiglia non era esplosa completamente. Anzi era persino rimasta in piedi. Sventrata a metà. La metà destra. Mio padre si allontanò verso la macchina. Io rimasi lì con la pistola, ma è strano, non mi sentii solo, nonostante fossi circondato da spettri di spazzatura e metallo. Tesi il braccio verso il mare e tirai altri due colpi nell'acqua. Non li vidi schizzare, né forse raggiunsero la superficie. Ma colpire il mare, mi pareva una cosa coraggiosa.

Mio padre arrivò con un pallone di cuoio, sopra l'effigie di Maradona. Il premio per la mira. Poi si avvicinò come sempre alla mia faccia. Sentivo il suo alito di caffè. Era soddisfatto, ora quantomeno suo figlio non era da meno del figlio di suo fratello. Facemmo la solita cantilena, il suo catechismo: «Robbè, cos'è un tizio senza laurea e con la pistola?».

«Uno stronzo con la pistola.»

«Bravo. Cos'è un tizio con la laurea senza pistola?»

«Uno stronzo con la laurea...»

«Bravo. Cos'è un tizio con la laurea e con la pistola?»

«Un uomo, papà!»

«Bravo Robertino!»

Nico camminava ancora incerto. Mio padre gli parlava a raffica. Non capiva, il piccolo. Per la prima volta sentiva parlare in italiano anche se la mamma era stata abbastanza furba da farlo nascere qui.

«Ti somiglia Roberto?»

Lo guardai a fondo. E fui felice, per lui. Non mi somigliava per nulla.

«Per fortuna non mi somiglia!»

Mio padre mi guardò con la solita delusa espressione, come dire che ormai neanche scherzando mi avrebbe sentito dire ciò che avrebbe voluto ascoltare. Avevo sempre l'impressione che fosse in guerra con qualcuno. Come se dovesse svolgere una battaglia con alleanze, precauzioni, macchinoni. Andare in un albergo di due stelle per lui era come perdere prestigio verso qualcuno. Come se dovesse rendere conto ad un'entità che l'avrebbe punito violentemente se non avesse vissuto nella ricchezza e con un atteggiamento autoritario e buffonesco.

«Il migliore Robbè, non deve avere bisogno di nessuno, deve sapere certo, ma deve anche fare paura. Se non fai paura a nessuno, se nessuno guardandoti si mette soggezione, allora in fondo non sei riuscito ad essere veramente capace.»

Quando andavamo a mangiare nei ristoranti era infastidito dal fatto che spesso i camerieri servivano, anche se entravano un'ora dopo di noi, alcuni personaggi della zona. I boss si sedevano e dopo pochi minuti ricevevano tutto il pranzo. Mio padre li salutava. Ma tra i denti strideva la voglia di avere il loro medesimo rispetto. Rispetto che consisteva nel generare eguale invidia di potenza, eguale timore, medesima ricchezza.

«Li vedi quelli. Sono loro che comandano veramente. Sono loro che decidono tutto! C'è chi comanda le parole e chi comanda le cose. Tu devi capire chi comanda le cose, e fingere di credere a chi comanda le parole. Ma devi sempre sapere la verità in corpo a te. Comanda veramente solo chi comanda le cose.»

I comandanti delle cose, come li chiamava mio padre, erano seduti al tavolo. Antonio Bardellino, Mario Iovine, Francesco Schiavone, Francesco Bidognetti. Avevano deciso della sorte di queste terre da sempre. Fatturavano con le loro aziende capitali enormi che poi piantavano in Veneto, in Baviera, in Provenza, a Londra, in Brasile, lasciando nei loro paesi solo cemento, abusivismo e soldataglia. Mangiavano assieme, sorridevano. Negli anni poi si sono scannati tra loro, lasciando scie di migliaia di morti, come ideogrammi dei loro investimenti finanziari. Don Antonio però sapeva come rimediare allo sgarbo d'esser servito per primo. Offriva il pranzo a tutti i presenti nel locale. Ma solo dopo essersene andato, temendo di ricevere ringraziamenti e piaggerie. Tutti ebbero il pranzo pagato tranne due persone. Il professore Iannotto e sua moglie. Non avevano salutato don Antonio, e lui non aveva osato offrirgli il pranzo. Ma gli aveva fatto dono, attraverso un cameriere, di una bottiglia di limoncello. Un camorrista sa che deve curarsi anche dei nemici leali poiché son sempre più preziosi di quelli nascosti. Quando dovevo ricevere un esempio negativo mio padre portava quello del professor Iannotto. Erano stati a scuola insieme. Iannotto viveva in fitto, cacciato dal suo partito, senza figli, sempre incavolato e mal vestito. Insegnava al biennio di un liceo, lo ricordo sempre a litigare con i genitori che gli chiedevano a quale suo amico mandare i figli a ripetizione privata per farli promuovere.

«È come chi decide di fare il filosofo e chi il medico, secondo te chi dei due decide della vita di una persona?»

«Il medico!»

«Bravo. Il medico. Perché puoi decidere della vita delle persone. Decidere. Salvarli o non salvarli. È così che si fa il bene, solo quando puoi fare il male. Se invece sei un fallito, un buffone, uno che non fa nulla, allora puoi fare solo il bene, ma quello è volontariato, uno scarto di bene. Il bene vero è quando scegli di poterlo fare, sapendo però che puoi anche fare il male. Questo significa poter decidere della vita delle persone...»

Io non rispondevo. Non riuscivo mai a capire cosa volesse realmente dimostrarmi. E in fondo non riesco nemmeno ora a capirlo. Sarà anche per questo che mi sono laureato in filosofia, per non decidere al posto di nessuno.

Mio padre aveva fatto servizio nelle ambulanze, come giovane medico, negli anni Ottanta. Quattrocento morti l'anno. In zone dove si ammazzavano anche cinque persone al giorno. Arrivava con l'autoambulanza, quando però il ferito era per terra e la polizia non era ancora arrivata non si poteva caricarlo. Perché se la voce arrivava, i killer tornavano indietro inseguivano l'autoambulanza la bloccavano entravano nel veicolo e finivano il personaggio sul lettino. Era capitato decine di volte, e sia i medici che gli infermieri sapevano di dover star fermi dinnanzi ad un ferito ed attendere che i killer tornassero per finire l'operazione. Una volta mio padre però arrivò a Giugliano, un paesone tra il napoletano ed il casertano, feudo dei Mallardo, uno dei clan più potenti e capaci del Mezzogiorno. Il ragazzo aveva diciotto anni, o forse meno, era stato sparato al torace ma una costola aveva deviato il colpo. L'autoambulanza arrivò subito. Era in zona. Il ragazzo rantolava, urlava, perdeva sangue. Mio padre lo caricò. Gli infermieri erano terrorizzati. Tentarono di dissuaderlo, insomma i killer dovevano essere stati messi in fuga da qualcuno, ma sarebbero ritornati. Gli infermieri provarono a rassicurare mio padre: «Aspettiamo. Vengono, finiscono il servizio e ce lo portiamo».

Mio padre non ce la faceva. Insomma, anche la morte ha i suoi tempi. E diciotto anni non gli sembrava il tempo per morire, neanche per un soldato di camorra. Lo caricò, lo portò all'ospedale e fu salvato. La notte, andarono a casa sua i killer che non avevano centrato il bersaglio come si doveva. Io non c'ero, abitavo con mia madre. Mi fu raccontata talmente tante volte questa storia, troncata sempre nel medesimo punto, che io la ricordo come se a casa ci fossi stato anche io e avessi assistito a tutto. Mio padre, credo, fu picchiato a sangue, per almeno due mesi non si fece vedere in giro. Per i successivi quattro non riuscì a guardare in faccia nessuno. Non me l'ha mai detto. Né qualcuno mi ha mai insinuato alcunché, ma io sono certo che dopo averlo pestato per l'azzardata decisione di salvare quel ragazzo, gli chiesero di ammazzarlo lui stesso. Scegliere di salvare chi deve morire significa voler condividerne la sorte, perché qui con la volontà non si muta nulla. Non è una decisione che riesce a portarti via da un problema, non è una presa di coscienza, un pensiero, una scelta, che davvero riescono a darti la sensazione di star agendo nel migliore dei modi. Qualunque sia la cosa da fare, sarà quella sbagliata per qualche motivo. Questa è la vera solitudine. Non ho mai saputo mio padre cosa abbia deciso di fare. Non voglio saperlo. Ma forse so cos'ha fatto. E va bene così.

Il piccolo Nico era tornato a ridere. Chissà come crescerà, come verrà addestrato alla vita, a quale scuola andrà, le estati in Romania, i villaggi di miseria. L'iniziazione sessuale accompagnato dal padre con le migliori mignotte, o forse suo padre non ce la farà più. Neanche con la moglie, che cercherà di consolarsi altrove, mentre il marito la tampinerà, la farà seguire, la osserverà. Micaela ha più o meno la stessa mia età. Anche a lei quando confessò di andare in Italia, di andarsene via, avranno fatto gli auguri senza chiedere nulla, senza sapere se andava a far la puttana, la sposa, la colf, o l'impiegata. Sapendo solo che andava via. Condizione sufficiente di fortuna.

Nico però ovviamente non pensava a nulla. Serrava la bocca all'ennesimo frullato che Micaela gli dava per ingozzarlo, ora che poteva farlo.

Mio padre per farlo mangiare gli pose il pallone vicino ai piedini, Nico lo calciò con tutta la forza. La palla rimbalzò su ginocchia, tibie, punte di scarpe, di decine di persone. Mio padre iniziò a rincorrerla. Sapendo che Nico lo guardava, finse goffamente di dribblare una suora, ma la palla gli scappò nuovamente dai piedi. Il piccolo rideva, le centinaia di caviglie che vedeva distendersi dinnanzi agli occhi lo facevano sentire in una foresta di gambe, gonne, caviglie, scarpe e sandali. Gli piaceva vedere il padre, nostro padre, affaticare la sua pancia per prendere quel pallone. Cercai di alzare la mano per salutarlo, ormai un muro di carne l'aveva bloccato. Sarebbe rimasto ingorgato per una buona mezz'ora. Inutile aspettare. Era davvero tardi. La sagoma non si intuiva neanche più, ormai era stata inghiottita sin nello stomaco della folla.

«Addio papà.»

Ragazzi di mafia

di Alessandro Leogrande

Lo dicono i dati, lo raccontano le cronache: oggi le guerre di mafia che si accendono ancora nel Mezzogiorno d'Italia sono sempre più spesso combattute da baby soldati e dai loro fratelli maggiori. I conflitti a fuoco, gli omicidi ci restituiscono immagini inquietanti: ragazzi giovanissimi uccisi per mano di altri ragazzi, anch'essi giovanissimi. Minori vittime e minori carnefici: ma questa distinzione è frutto del caso, perché il più delle volte i morti e i feriti avrebbero potuto essere a loro volta carnefici. Poi ci sono le vittime ignare, sacrificali: Annalisa Durante a Napoli, Michele Fazio a Bari. Uccisi, rispettivamente a 14 e a 15 anni, perché si trovano nel posto sbagliato al momento sbagliato, dicono in molti, senza riflettere sul fatto che quello che viene additato come "il posto sbagliato" è il quartiere nel quale sono nati e cresciuti, nel quale giocavano e nel quale lavoravano, nel quale stavano cazzeggiando o chiacchierando o passeggiando con il proprio partner... Possono, nel XXI secolo, essere considerati "il posto sbagliato" interi quartieri del Mezzogiorno cresciuti, nei decenni, a dismisura?

Per capire la complessa realtà dei minori di mafia dobbiamo analizzare il contesto: regionale, sociale, economico, culturale. Ma occorre fare una premessa: quando parliamo di "minori" definiamo con estrema precisione un'età (14-18 anni) che qualsiasi psicologo o sociologo troverebbe enormemente difficile definire. Dove finisce l'infanzia? Come si dispiega l'età dell'adolescenza? Quando e come si diventa "grandi"? Chi fissa i riti di passaggio all'età adulta? Come si fa a definire "minori" adulti cresciuti troppo in fretta (o bambini che sono stati privati innanzitutto della propria infanzia)? Le domande potrebbero continuare, ma la difficoltà di inquadrare la condizione minorile non si limita solo ai margini della società o ai "ragazzi a rischio". Riguarda tutti: l'intera società postmoderna che ha alterato le relazioni tra adulto e bambino, tra padri e figli, modificando bisogni e desideri.

Pertanto è possibile studiare le nuove mafie e le loro mattanze solo se le si colloca all'interno di più ampie trasformazioni sociali e antropologico-culturali. Allo stesso modo, è possibile capire qualcosa dei minori di mafia solo analizzando tre contesti complessi e mutanti: il Mezzogiorno marginale, la mafia postmoderna, i miti e i bisogni delle nuove adolescenze. È indagando questi contesti che possiamo penetrare il Contesto, dentro il quale tanti ragazzi "a rischio", "sbandati", "in odore di mafia"... finiscono al servizio dei clan mafiosi.

Ai margini del Sud

La mafia può anche mutare pelle, ma continua a riprodursi nelle strade, nei vicoli, nelle sale giochi. Questo è vero per gli insediamenti mafiosi più solidi, meno mobili, come Cosa nostra e la 'ndrangheta, ma è anche vero (e forse ancora più vero) per tutte le forme di mafie più giovani, più caotiche e "post-urbane", meno verticistiche e "rurali", come accade in Puglia (oggi a Bari, nello scorso decennio nel brindisino con la Sacra corona unita) e soprattutto in alcune zone della Campania.

La "geografia" delle nuove mafie concerne soprattutto tre realtà sociali meridionali: i centri storici, le periferie urbane, l'hinterland diffuso. È un contesto, questo, in cui le forme di povertà sono radicalmente mutate. Negli anni Novanta i quartieri detti "a rischio" sono stati inondati dai consumi in un modo intensivo fino ad allora sconosciuto, i beni superflui sono divenuti largamente accessibili, i modelli televisivi (dei peggiori programmi televisivi che catturano l'attenzione di tutta la società italiana) sono dilagati; le macchine, le autoradio, i cellulari, le scarpe Nike, le playstation, le moto di grossa cilindrata... sono stati tutti desideri introiettati, sognati e spesso realizzati. Oggi il panorama materiale è mutato, eppure permangono condizioni di grave esclusione urbana, alti tassi di disoccupazione e di lavoro nero, alti tassi di dispersione scolastica e di analfabetismo di ritorno, patologie fisiche e psicofisiche capillarmente diffuse che la medicina sociale dovrebbe studiare. La povertà permane ma ha un volto nuovo; e allora bisogna cogliere tutte le sue forme per comprendere ciò che incuba una nuova dimensione alienante. (Quanti insegnanti si trovano di fronte "ragazzi a rischio" che provengono da famiglie di disoccupati, hanno il cellulare ma poi dicono di non avere soldi per i libri, esplodono in scoppi di isteria, si impongono violentemente sui propri coetanei, poi magari si ammalano con incredibile frequenza e, in ogni caso, la scuola non solletica in loro alcun interesse?)

"Il mondo luccicante delle merci" è lì a portata di mano, ma in che modo lo si raggiunge? La criminalità è diventata uno dei modi migliori, vincenti: per chi è posto di fronte a uno scarto netto tra ciò che sogna e ciò che non ha (ma *potrebbe* avere) la criminalità diventa una forma di accesso alla società dei consumi, di scalata sociale, o più semplicemente di cura dall'alienazione di periferia. I nuovi boss sono il modello da inseguire.

I quartieri amorfi, gli hinterland diffusi che non sono più né città né campagna, sono figli di quella che spesso viene chiamata "urbanistica del disprezzo", cioè di un'idea di città all'interno della quale anziché risolvere le cause di malessere sociale si è voluto concentrare in specifiche aree lontane dal centro le marginalità sociali. Ma nel sommarsi della marginalità sociale a quella urbana si sono azzerate le possibilità di incontro con il mondo, le possibilità di progettare la propria vita in modo diverso, di accedere facilmente al mondo del lavoro o, più semplicemente, a relazioni interpersonali che oltrepassino i confini del proprio gruppo sociale. A sud è stata largamente dominante l'urbanistica del casermone, del quartiere dormitorio che, quando superata, è stata superata in qualcosa di ancora peggiore: un'urbanistica del caos, del saccheggio ecologico, della totale atomizzazione della vita sociale, dell'ulteriore rifiuto di una dimensione pubblica verso il limbo dell'autocostruito, dell'abusivo. Tali fattori urbano-sociali hanno inciso non poco nel proliferare delle nuove mafie, dilatando le loro chance di affermazione in un contesto che non offre altro.

Ovviamente, ravvisare delle costanti nei tracciati urbani non vuol dire criminalizzare gli uomini e le donne che abitano tali zone, e che accedono molto difficilmente alla galassia del lavoro, regolare o irregolare che sia. Perché nei cosiddetti "quartieri della mafia" la prima linea di ogni lotta antimafia sono loro: i tanti umili eroi che si sottraggono al potere dei clan continuando a fare lavori che tantissimi altri troverebbero non dignitosi; i tanti ragazzi che si sottraggono al fascino del branco mafioso, alle sue violente dinamiche maschiliste, autoritarie che portano sempre e comunque a stigmatizzare i diversi, quelli che non ci stanno.

Clan mutati

La mafia fa proseliti attraverso due direttive d'attrazione. Un'attrazione verticale, da padre a figlio, da adulto a minore: è il modo di attrazione classico, proprio delle aree mafiose più antiche, più coese. Un'attrazione orizzontale: da ragazzo a ragazzo, da figlio a figlio in una società (lo dico senza retorica) "priva di padri". È il modello di attrazione prevalente in contesti di mafia giovane (è esattamente quello che è avvenuto nelle zone prima "incontaminate" della Puglia) o di mafia postmoderna in cui i clan si scindono, si ricreano, si allargano e hanno sempre bisogno di nuovi iscritti (è quello che è avvenuto in modo chiaramente percepibile in Campania). Oggi è soprattutto attraverso la trasmissione di secondo tipo che i ragazzi che popolano una zona grigia fatta di marginalità, alienazione e microcriminalità vengono poi assorbiti dai clan.

Fermiamo per un momento l'attenzione su una delle città più contraddittorie del "new South": le specificità della mafia a Bari sono inquietanti. Le uccisioni di ragazzi poco più che adolescenti per mano di ragazzi della stessa età, il coinvolgimento sempre più esteso di bambini, l'età sempre più bassa dei boss che si spartiscono il controllo del territorio, lasciano intravedere cambiamenti significativi. Le vicende recentemente accadute ci dicono che:

a) i clan non costituiscono più gruppi stabili, ma alleanze fluide pronte a mutare a seconda degli interessi; la lealtà di gruppo e l'omertà come regola sono sub-valori ormai sostituiti dal più animalesco gangsterismo; siamo di fronte a quello che anche per Napoli è stato definito "pulviscolo criminale";

b) la repressione poliziesca e giudiziaria, se non accompagnata da un progetto complessivo di rinnovamento sociale e culturale, elimina delle pedine sul campo ma non la radice del problema: i posti lasciati vuoti vengono così occupati da ragazzi sempre più giovani che ottengono potere e soldi con una rapidità sconosciuta ai loro fratelli maggiori.

Questa regressione criminale verso l'adolescenza a Bari assume tratti inquietanti e paradossali, ma non è un fatto completamente nuovo. Prendiamo in considerazione, ad esempio, la storia della Sacra corona unita, la quarta mafia d'Italia il cui epicentro è stato negli anni Novanta in provincia di Brindisi. Anche nel momento di maggiore solidità interna, anche quando sembrava esserci una Cupola, anche quando intensissimi erano i rapporti con le alte sfere delle mafie balcaniche, la Sacra corona unita era (ed è sempre rimasta tale) una mafia molto giovane. Pino Rogoli, il Totò Riina di Puglia soprannominato "il Vecchio", quando è stato condannato definitivamente, dopo che per almeno un decennio era stato al centro di tutte le vicende della "quarta mafia", non aveva ancora quarant'anni. E dopo di lui, ai vertici dell'organizzazione, si sono succeduti boss sempre più giovani (ogni volta più gangster e meno mafiosi d'ordine). Oggi c'è chi sostiene che in alcuni paesi del Salento una larga fetta di un'intera generazione (quelli che avevano tra i 16 e i 20 anni agli inizi degli anni Novanta) ha bruciato la propria giovinezza nella Sacra corona unita.

Spostiamoci in Campania. In *Sandokan* Nanni Balestrini ricostruisce l'ascesa e il declino del clan dei casalesi e del boss emergente Sandokan, cogliendo precisamente quest'aspetto generazionale: negli anni Ottanta, i casalesi erano un gruppo di ragazzi che volevano più potere, tanto potere, soldi, macchine, donne, droghe in una delle zone più sfatte del Meridione, e che si sono lanciati in quest'opera di ascesa criminale eliminando tutti i loro padri camorristi, per poi finire peggio di loro.

Di decennio in decennio, ogni mafia ha riproposto guerre molto simili tra padri e figli. Ma oggi la selezione è più netta: sono saltati ruoli e regole, e in una società senza padri si sta affermando una mafia senza padrini.

L'apparenza spiega l'essenza

Quando, nel gennaio del 2005, è stato arrestato a Napoli il figlio del boss Di Lauro, Cosimo Di Lauro, nel quartiere è scoppiata una rivolta che ha indignato e spaventato l'opinione pubblica. Giornali e tg hanno mostrato le immagini di una macchina dei carabinieri rovesciata, con il parabrezza sfondato, distrutta. Per i più era un'immagine scioccante, di quelle che immediatamente ripropongono l'antitesi Stato-Antistato, che lasciano intendere che "quel" quartiere non è sotto il controllo del Ministero degli Interni, bensì della camorra e del suo popolo furioso.

Ma c'è un'altra foto, meno violenta, meno prepotente, eppure più preoccupante, perché testimonia quella che Pasolini avrebbe definito una radicale "mutazione antropologica". Sto parlando della foto che ritrae Cosimo Di Lauro in manette, accompagnato dai carabinieri in un'altra auto che l'avrebbe condotto al di fuori del suo quartiere. Perché questa foto dovrebbe inquietarci? Perché è la "normalità" del giovane Di Lauro a essere inquietante: l'abbronzatura da lampada fuori stagione, i capelli lunghi ben curati e raccolti in un'agile coda, il maglione firmato... Sembra un calciatore arrestato per un'inchiesta sul calcio scommesse, ma potrebbe anche essere un attore o un volto televisivo. Il suo sguardo è fermo, deciso, sicuro di sé, lontano anni luce dalle rughe e dalle occhiaie degli altri abitanti del quartiere: tutto in lui lo fa apparire uno dei tanti Costantini che affollano le nostre riviste. I tracciati estetici tradiscono una radicale mutazione antropologica: al di sotto della contrapposizione Stato-Antistato s'è affermato, strisciante, un Modello Unico.

Chi ha memoria dei maxiprocessi di camorra ricorderà Raffaele Cutolo, il papa, che incede nell'aula bunker scortato dai poliziotti quasi fosse un ministro democristiano. Oggi i boss sembrano altro, il prototipo di successo sociale cui attingere è un altro. Allora la domanda è: cosa passa nella testa di un quattordicenne di Scampia o di Secondigliano o di San Paolo o di Carbonara quando il Boss sembra un modello che potrebbe tranquillamente essere ospitato a *Buona domenica*? In un contesto simile, cosa implica l'emulazione, a quale universo di vita si spera di accedere tramite una carriera criminale? E soprattutto, anche all'interno di un clan mafioso, come viene nuovamente declinata la relazione adulto-minore? Prevale chiaramente l'attrazione orizzontale, il fascino della mafia passa attraverso un nuovo linguaggio. Chi ne è attratto si specchia in un'altra cultura.

Tuttavia, come ripete spesso lo storico Salvatore Lupo, non bisogna dimenticare che la cultura mafiosa è *sempre* generata da un potere mafioso, ed è la relazione tra i due poli che deve essere analizzata. Dietro una cultura c'è sempre un potere: anzi, è il riconoscimento di tale potere che implica il riconoscimento dei modelli che esso adduce. L'analisi del Contesto (la somma dei contesti sociali e culturali) spiega la complessità del fenomeno, ma questa complessità ha una causa prima: non ci sarebbe mafia se non ci fossero dei gruppi di uomini e donne che compongono dei clan che mirano all'egemonia di un territorio. E il potere, come è noto, è tale quando si insinua nelle pieghe della società, anche le più insignificanti, modificandone i rapporti, cambiando le persone, emanando per alcuni il suo lezzo, e generando in altri emulazioni.

Poiché non potrei essere più chiaro, cito un passo tratto da un tema scritto da un ragazzino di seconda media in una scuola di Taranto:

> In seconda sono arrivati elementi maleducati e anche abbastanza prepotenti. Mi è dispiaciuto molto che hanno preso di mira Marzio, un ragazzo veramente colto, nei primi mesi insultandolo sulla sua famiglia. Poi hanno incominciato a dimostrarsi un po' boss e hanno allungato le radici mafiose in tutta la classe. Certo, non ci siamo fatti mettere i piedi sopra. Però negli ultimi mesi è venuto un elemento che si è fatto trascinare da questi elementi e ora è il peggiore. Fatti abbastanza mafiosi girano nella nostra classe:
>
> 1) mai infamare perché quando si esce fuori ti minacciano e fanno a botte;
> 2) vendono tatuaggi a prezzi non convenienti e la metà va al boss;
> 3) cercano sempre di coprirsi a vicenda;
> 4) aiutali ai compiti in classe perché se non lo fai ti fanno peggio di quando infami;
> 5) chi porta la merenda in classe, appena entra in classe si ammassano su di lui e mangiano gratis;
> 6) si fanno dare dai tipi più deboli caramelle e gomme facendoli restare con solo le carte;
> 7) inseriscono puntine sotto le sedie;
> 8) spariscono cose, soldi e figurine.
>
> Alcuni elementi dovrebbero essere denunciati e noi stupidi non lo facciamo, così facendo si prendono l'agio di andare avanti.

Spesso non riusciamo a percepire la muta infelicità che si produce negli altri, nei tanti ragazzini che non ci stanno, che osservano indifesi il dilagare di queste forme di squadrismo. La loro sofferenza è la nostra colpa.

Un vuoto pneumatico

In *Di mestiere faccio il maestro* Marco Rossi-Doria ha raccontato della sua esperienza di insegnante negli istituti della periferia orientale di Napoli. Rossi-Doria è un maestro di strada, di quelli che affrontano di petto il problema dell'evasione scolastica e che si pongono l'obiettivo di organizzare forme di doposcuola, perché, ha ripetuto più volte, la missione di un insegnante dovrebbe iniziare quando le lezioni finiscono.

Per Rossi-Doria il nemico da sconfiggere non è la povertà e neanche la camorra in quanto tale. Il nemico è il "vuoto pneumatico" dei pomeriggi di periferia. Un vuoto di interessi, un vuoto di vita in quartieri privi di una dimensione pubblica, un vuoto di riferimenti, di modelli alternativi a quelli camorristici: il vuoto dei padri, l'assenza di adulti che siano tali. La somma di vuoti diventa alienazione, una catena di pomeriggi sempre uguali a se stessi consumati senza fare niente e, come si sa, il niente produce sempre il peggio. L'alternativa allora non è reprimere, ma riempire, ricostruire. Pensare ad altre attività. E colpisce, nel libro di Rossi-Doria, l'importanza che egli attribuisce al lavoro artigianale. Al lavoro pratico, al "mestiere", in grado di ricostruire una relazione minore-adulto intorno a una trasmissione di saperi concreti, da spendere in una vita diversa. Uno dei film più belli degli ultimi anni, *Il figlio* dei fratelli Dardenne, parla di un simile tentativo di ricostruzione: protagonista è un falegname (un proletario) che trasmette ai ragazzi di un riformatorio (proletari finiti male) il proprio mestiere. Ma il dramma del film è in un particolare che si svela poco alla volta: il "maestro" insegna come lavorare il legno anche al baby-killer di suo figlio.

I nodi dell'intervento

È sempre più difficile ipotizzare le risposte a un disagio che è generale perché generato dalla stessa società, dalla debolezza delle istituzioni, dal dilagare di modelli contro cui combattere. È possibile però avanzare alcune riflessioni, confrontare le esperienze, ragionare su alcuni punti irrinunciabili. Ne elenco alcuni.

1) Non ci può essere nessuna lotta antimafia se la conoscenza del fenomeno non è costantemente aggiornata. Oggi è necessario comprendere in profondità la metamorfosi delle mafie postmoderne, il fascino che esse suscitano, i successi economici, finanziari e culturali che continuano a mietere. Abbiamo quindi bisogno di una Commissione antimafia che non si limiti a compiti di ordinaria routine, ma che diventi invece la sponda istituzionale di un'antimafia sociale ancora da costruire. Allo stesso modo è necessario socializzare le conoscenze, riflettere su quali possano essere le migliori forme di giornalismo, letteratura, cinema capaci di leggere i cambiamenti. Tra quelli sui ragazzi di mafia, forse l'unico film rigoroso, documentato, non edulcorato è *Vito e gli altri* di Antonio Capuano, in cui vi si descrive "naturalisticamente" la carriera camorristica di un ragazzino di 11 anni e dei suoi amici, dai primi furti al primo omicidio passando per la scoperta della violenza metropolitana, della droga, del sesso, del carcere minorile...

2) Quando si riflette sulle alternative alla repressione, il pensiero va immediatamente alla scuola, quasi fosse la panacea di ogni male. Ma oggi va riconosciuto che l'istituzione-scuola è in una fase di profonda crisi, didattica ed educativa. Le scuole non possono essere carceri *soft* in cui rinchiudere dei ragazzi con il solo intento di strapparli alla strada, perché così facendo si sono riprodotte, all'interno della scuola, tutte

le leggi della strada. Le nostre periferie sono disseminate di scuole elementari e medie che, unica presenza dello Stato in quartieri altrimenti esclusi da qualsiasi dimensione del pubblico, hanno come loro unico compito quello di mantenere l'ordine durante le ore di lezione.

Il principale nemico non è l'evasione scolastica, ma una crisi di ruolo, sempre più marcata, che produce cattiva alfabetizzazione e analfabetismo di ritorno. Il collasso è "istituzionale"; e il cedimento di ogni progetto educativo è accresciuto da un sistema cultural-televisivo che premia tutto tranne che la conoscenza. Così, chi cerca nella scuola uno spazio felice, deve invece riconoscere che è uno dei luoghi in cui si manifesta più acutamente la crisi di un'intera società.

3) Non è l'occupazione che risolve le piaghe sociali, ma il lavoro. Il lavoro inteso come crescita individuale e collettiva, come alternativa alla noia, come capacità di aprirsi e relazionarsi al mondo, come metro in base al quale darsi un ordine interiore. Come per la scuola, oggi occorre decostruire il mito del lavoro, capire in che cosa esso è veramente essenziale. Non basta far scendere i tassi di disoccupazione per gridare vittoria: se l'obiettivo è quello di creare un'alternativa al fascino della mafia, il tema della *qualità* è essenziale. Come già detto, nel libro di Rossi-Doria viene data molta importanza al lavoro inteso come mestiere (e sapere) artigianale in grado di ristabilire una relazione maestro-allievo, altrimenti assente, intorno al "fare" (ciò che nell'antica Grecia era definito "poiesis", sottolineando l'elemento creativo insito in ogni produzione). Questo spunto di riflessione dovrebbe essere alla base di ogni Patto del lavoro per il Mezzogiorno, all'origine di tutti i progetti di ogni assessorato per le politiche sociali.

Pier Paolo Pasolini intitolò uno dei suoi ultimi articoli per il «Corriere della Sera» *Due modeste proposte per eliminare la criminalità in Italia*. È il famoso articolo sul massacro del Circeo, rispolverato di recente in occasione del nuovo arresto di Angelo Izzo, responsabile di quello e di altri lugubri delitti. Allora, contro le spiegazioni "politiche" del massacro (sono assassini perché sono neofascisti pariolini), contro "la solita offensiva ondata di stupidità giornalistica", Pasolini spiazzò tutti dicendo che, in Italia, «i criminali non sono affatto solo i neofascisti, ma sono anche, allo stesso modo e con la stessa coscienza, i proletari o i sottoproletari». E ancora: «i casi estremi di criminalità derivano da un ambiente criminaloide di massa». Bastava leggere le cronache: i delinquenti "popolari" erano ormai simili, in tutto e per tutto, ai delinquenti neofascisti, i sadici borghesi ai sadici sottoproletari, i giovani assassini dei Parioli ai giovani assassini di Torpignattara. Odiosi gli uni, odiosi gli altri.

Già alla metà degli anni Settanta, quindi, Pasolini aveva intravisto, nei fratelli minori degli ex ragazzi di vita descritti nei suoi primi romanzi, i segni di una nevrosi incessante, e il suo manifestarsi in una criminalità dilagante. Quei ragazzi non erano più puri, "adorabili" come solo quindici anni prima, erano il segno evidente di un "genocidio culturale". Erano, appunto, "odiosi". Quali erano allora le due modeste proposte? Abolire immediatamente la scuola e la televisione. La scuola perché «vi si insegnano delle cose inutili, stupide, false, moralistiche, anche nei casi migliori», perché «una nozione è dinamica solo se include la propria espansione e approfondimento: imparare un po' di storia ha senso solo se si proietta nel futuro la possibilità di una reale cultura storica. Altrimenti, le nozioni marciscono». E la televisione, più che la scuola, perché «si tratta non di insegnamento, ma di un "esempio": i "modelli" cioè, attraverso la televisione, non vengono parlati, ma rappresentati. E se i modelli son quelli, come si può pretendere che la gioventù più esposta e indifesa non sia criminaloide e criminale? È stata la televisione che ha [...] concluso l'era della pietà, e iniziato l'era dell'edonè». Nell'era dell'edonè, del godimento perseguito con ogni mezzo, trionfa l'irrealtà, in cui «non c'è più scelta possibile tra male e bene»: la ferocia gratuita che contraddistingue tanti fatti di cronaca è generata proprio dal limbo dell'irreale, dall'affievolirsi di quel dialogo interiore che porta a scegliere una cosa anziché l'altra, e ad arrestarsi di fronte all'efferatezza.

Ma Pasolini non si fermò qui. Lo scrittore italiano che più acutamente e disperatamente ha intuito il sorgere della metamorfosi, oggi oltremodo citato per i suoi toni apocalittici, ha provato a scorgere, in quello stesso articolo, una minima via d'uscita che nessuno invece più ricorda. E parlando del Quarticciolo, una delle tante borgate mutate della periferia romana, concluse il suo intervento aggrappandosi a un'idea eretica, luterana, di lavoro. Disse che il lavoro è estremamente importante, la cosa più importante, perché «in un simile contesto, assumerebbe naturalmente un altro senso, tendendo a unificare una buona volta, e per autodecisione, il tenore di vita con la vita»...

Unificare per autodecisione il tenore di vita con la vita. Ecco il nodo cruciale. È una lotta impari, ma è l'unica ancora di salvezza, davvero l'unica cui potersi appigliare – anche oggi, a trent'anni di distanza – per rigenerare un rapporto con le cose, con gli altri, con la natura, per aprirsi al mondo senza alienazione, per rimanere con i piedi per terra. Perché oggi bisogna tornare tutti, non solo i ragazzi "a rischio", con i piedi per terra.

So bene che ai teorici postmoderni della critica del lavoro tale via di fuga apparirà minata da retaggi ottocenteschi, socialisti, quasi victorhughiani... ma qui non abbiamo bisogno di sofismi radicalchic, occorre solo un po' di salutare, concretissimo, buon senso.

Post scriptum. Dopo "Gomorra"

Questo saggio è apparso per la prima volta sul numero 32 di «Nuovi Argomenti» (ottobre-dicembre 2005), all'interno di una sezione intitolata "Io so", nel trentennale della morte di Pier Paolo Pasolini.

Sono passati tre anni, ma poco è cambiato. La condizione criminale dell'Italia meridionale è pressoché immutata, come immutate sono le condizioni che spingono sempre più insistentemente all'impiego dei "ragazzi di mafia". I blitz, gli arresti, i processi in corso, gli armistizi tra clan e le nuove guerre che sono scoppiate hanno mutato (anche se solo in piccola parte) i singoli attori sulla scena, ma non la Scena di fondo, il sostrato antropologico, culturale, estetico qui descritto.

Un cambiamento importante c'è stato però su un altro versante, quello della ricostruzione dei nuovi contesti e dei nuovi immaginari di mafia. A segnare uno spartiacque è stato *Gomorra* di Roberto Saviano, uscito nel maggio del 2006. L'opera di Saviano non ha solo il merito di ricostruire il Sistema nella sua totalità, e il modo in cui totalitariamente esso afferra l'intera vita di un esteso lembo d'Italia. Non ha solo il merito di scomporre il Moloch letterariamente, ampliando e rendendo più complesso il prisma attraverso cui viene letto. Ha anche il merito di scorgere nello stritolamento dei "ragazzi di mafia" il suo architrave, il suo inesauribile serbatoio; di intravedere nel falò dei loro sogni e delle loro aspettative l'immutabilità del corso delle cose.

Questo sguardo ritorna appieno nel film di Matteo Garrone, uscito nelle sale due anni dopo, nel maggio del 2008. Il *Gomorra* di Garrone non è la riproduzione cinematografica del *Gomorra* letterario. Piuttosto gli sta accanto. Si illumina di luce propria, pur essendo stato generato solo dopo un rigoroso percorso che ha portato dal soggetto alla sceneggiatura, da questa ai sopralluoghi, e dai sopralluoghi al girato.

Tuttavia Garrone coglie la stessa spia. Mette in scena il portato e le conseguenze della frattura generazionale, raccontando i sogni e gli incubi dei ragazzi del Sistema. Anzi, si potrebbe dire, in questo senso, che Garrone inglobi e superi l'opera di Capuano prima citata, che alcune parti del suo film aprano uno squarcio sui fratelli minori di Vito. Su un panorama esistenziale ancora più cupo.

La scena iniziale del film, che ritrae alcuni camorristi stravaccati in un solarium poco prima di essere trucidati, è un resoconto impietoso della mutazione antropologica. Ciò che più colpisce nel film di Garrone è la capacità – direi quasi entomologica – di ritrarre un potere maschile e maschilista, che promana da sguaiati corpi maschili e che riduce tutto in cenere: la terra, l'aria, l'economia, gli altri corpi, le altre menti, soprattutto quelli e quelle degli adolescenti che vogliono farsi "ragazzi di mafia". Corrotti fin da subito, per loro la redenzione è difficilissima, quasi impossibile.

Ricordati di santificare le feste

di Sara Ventroni

«Loro non andranno in catena di montaggio», sua madre ne era certa.

Se lo diceva già nel '67 quando era ancora nubile, sotto l'ago della Singer, tra altri ottanta aghi che con meccanica precisione componevano ogni giorno seicentoquaranta camicie di fustagno. Chi rifiniva il collo, chi le asole, chi attaccava i polsini; otto ore su otto lei cuciva maniche. Una mossa che prendeva spinta dalla spalla, si scaricava sul braccio e dava l'impulso al polso, che teneva fermo il tessuto e lo faceva scivolare sotto il punteruolo dell'ago. Con una certa destrezza la mano sollevava veloce il capo e lo rovesciava. Ora una manica, ora l'altra. E questo era quanto.

China sotto la luce smorta della macchina, non rivolgeva parola a nessuno. Aveva l'alito caldo, covato in bocca ora dopo ora fino a mezzogiorno, quando si doveva fare tutto in quindici minuti: panino, sigaretta, battuta con la collega, pipì. Se proprio le scappava fuori pausa, bisognava catturare l'attenzione per farsi concedere due minuti dal capo reparto, seduto dentro il gabbiotto a controllare con la mano distratta la gavetta di pastasciutta sulla stufa elettrica.

Gli scampoli erano tinti con soluzioni sintetiche, per questo i polpastrelli si erano fatti ruvidi, tagliuzzati da quelle sostanze aggressive che penetravano sottopelle e lasciavano un alone bluastro che non andava via nemmeno con strigliate e sapone di Marsiglia.

Novantamila lire al mese senza quattordicesima. Alla Corsieri prendevano solo ragazze perché si sa che sono più affidabili, eppoi cucire è affare loro.

Avrebbe voluto studiare da maestra ma in famiglia le avevano detto che non doveva mettersi grilli in testa e pensare piuttosto a sistemarsi presto, e l'avevano mandata in fabbrica. Lei aveva fatto buon viso a cattivo gioco e la domenica pomeriggio studiava un po' di inglese invece di andare al cinema con le amiche. Poi aveva conosciuto Renato, che avrebbe sposato dopo quattro anni di fidanzamento a casa. Allora lui l'aveva appoggiata e lei si era messa a studiare notte e giorno, con tre figli da crescere e ventitré cambiali che tenevano leggero il sonno. Ma sapeva che ne valeva la pena, che quei figli avrebbero fatto punteggio in graduatoria e dopo il concorso era entrata subito di ruolo. Che felicità quel Natale, impacciata a casa sua: lei, una maestra. Ce l'aveva fatta. Avevano cucinato pennette alla vodka e seppie ripiene, Renato aveva stappato lo spumante a mezzanotte. Non andavano in chiesa perché a nessuno dei due piacevano i preti e credevano solo nell'unione della famiglia e nello spirito di sacrificio, per cui qualcosina di cattolico se lo ritrovavano senza volerlo.

Due maschi e una femmina, li vedeva crescere e se lo ripeteva che avrebbero studiato tutti e tre. La piccola così spigliata, magari era portata per le lingue. Educati e giudiziosi, erano venuti bene questi figli che rispettano la mamma e danno valore al denaro.

Certe mattine in classe fissava qualcosa dalla finestra e i bambini lo sentivano che la maestra era contenta, perché riprendeva il discorso con lo sguardo acceso e un gran sorriso sui denti. La fabbrica era ormai un incubo di altri tempi.

La Corsieri era stata la prima fabbrica femminile a fare l'occupazione. Si erano organizzate con cucinotto e brandine e non lasciavano passare nessuno. Nemmeno le madri e i fratelli che si attaccavano alla grata della finestra bisbigliando di tornarsene a casa, che già avevano fatto abbastanza scandalo. Qualche giornale aveva parlato di loro ma niente tv, niente diretta, niente interviste. Erano altri tempi e certe notizie le tenevano in quarantena come la peste. Questo fatto aveva salvato le ragazze dalle lusinghe, e loro non cedevano a nessuno. Nemmeno alle voci che le volevano concubine di quei carabinieri intorpiditi dentro il cellulare parcheggiato al cancello della fabbrica. Nemmeno a quegli studenti che erano venuti una mattina per portare solidarietà, con quella spocchia e un accento del centro che sapeva di privilegio. Erano di un'altra razza, d'estate se ne andavano a Londra o in un bel casale in Toscana, potevano passare i pomeriggi a sentire dischi o a dividersi su questioni teoriche nelle aule universitarie. Gente che per sfregio ai genitori riteneva giusto consumare i gomiti ai maglioncini di cachemire. Alcuni potevano pure avere la faccia severa da professorino che ha imparato l'economia politica, ma non appena prendevano parola si capiva che volevano mettersi alla testa di un qualche gruppo, ed era tutto quello che pretendevano dalla lotta. Proprio i capetti bisognava tenerli lontani: erano venuti per comandare, ma non bisognava farsi mettere i piedi in testa. Questi giovanotti le guardavano come si guardano gli animali dello zoo, imbruttiti dalla cattività e incapaci di maturare piena coscienza di classe. Le ragazze della Corsieri capivano invece che questo Marcuse non avrebbe portato certo un aumento di salario. Che cosa fosse l'alienazione loro lo sapevano sulla pelle, per questo stavano lì, a rischiare il posto. La sera non parlavano di rivoluzione ma si facevano i conti, e tenevano duro un altro giorno ancora.

Aveva solo diciassette anni. Un giorno avrebbe studiato, questo lo sapeva, ma non sarebbe mai stata come loro, e ne andava fiera.

Più avanti negli anni avrebbe preferito arrostirsi le guance alla festa dell'Unità girando le bruschette sulla graticola, piuttosto che riempirsi la bocca di birignao e le dita di anelli d'argento. Aveva attraversato con dignità tutti gli anni Ottanta, senza settimana bianca a Cortina né piumini firmati per i ragazzi, anche se a quel punto potevano permetterselo visto che Renato si era messo in proprio e le cose andavano bene. Ma lei ci teneva all'educazione, non bisognava sprecare.

Studiate, diceva, è importante. E sperava per loro un lavoro onesto dove non ci rimettessero l'anima.

Quando però intorno le cose avevano preso a confondersi volgendo al peggio, come se il peggio fosse insindacabile – allora era vero, era di nuovo tornato il lavoro sfruttato – si era messa una mano sulla fronte e aveva bestemmiato davanti ad un faccia a faccia in televisione. Quasi quasi stavolta non andava a votare. Non sanno che dire questi qua, non lo sanno che su tre figli nemmeno uno ha un lavoro che sia un lavoro, che poi il più grande farebbe anche dei figli, ma se non avrà una pensione deve già pensare a risparmiare. Era di nuovo l'inferno sulla terra. E lo Stato lo consente, la legge lo afferma.

Da quattro anni dice sì, prendere o lasciare. Questo Natale cercano bella presenza più inglese fluido, sono in carenza di organico.

Per lei sarebbe andata bene anche un'agenzia di viaggi,

seduta dietro il monitor a comporre pacchetti per coppie o gruppi. Puket, Acapulco, Cancun, Sharm El Sheik. Da un dépliant a colori avrebbe illustrato la piscina dell'albergo e la barriera corallina. Non aveva pretese, ad un contratto a tempo indeterminato non ci aveva mai davvero pensato, anche se una laurea in lingue non era proprio da buttare così.

La madre ci teneva tanto, ma lei non si sentiva portata per l'insegnamento, e comunque anche volendo non c'è trippa per gatti. Quando la chiamano quelli della catena di lingerie, lei deve solo dare l'occhei e fare la voce grata. Le offrono un bel part-time a scadenza venti giorni, e mai niente di più.

Aveva barrato la preferenza per la fascia oraria mattutina, ma ha dovuto rinunciare a quel corso regionale, perché i turni sono spalmati su tutte le fasce. Lunedì dalle otto alle tredici, martedì dalle tredici alle diciotto. Un altro giorno ancora finisce alle ventidue. E le va di lusso perché non ha un figlio da andare a prendere all'asilo. Non si lamenta più, manda giù il rospo ed è quasi contenta quando la chiamano ai saldi o per i buchi di agosto.

La responsabile del personale fa la capa con le ragazze, pretende il sorriso e la buona volontà di fermarsi quella mezz'oretta in più, fuori straordinario, per accatastare in magazzino i colli arrivati all'ora di chiusura. Lei dice non c'è problema e telefona a casa che farà tardi. Sulla responsabile personale preme il responsabile-vendite di zona, un pugliese plagiato dagli stage di marketing interni all'azienda, più che obbligatori per tentare la carriera. Si vede che ce la mette tutta per sabotare quelle tracce di dialetto che ogni tanto affiorano, rischiando di mandare in malora i risultati dei due anni trascorsi a Milano. È teso, avvelenato e inacidito ma deve tenerselo dentro, a costo di farsi verde, per questo si mantiene abbronzato, idratato come un rettile sotto vetro. Si fa vivo due volte al mese e le mette tutte sull'attenti, le fa scodinzolare; non devono mica dare per scontato che...

Non lo dice certo tra le righe che loro sono disoccupate e che il lavoro non si rifiuta mai, di questi tempi poi. Ecco perché devono dare la massima disponibilità. E quelle sono sempre pronte a dargliela ogni volta che ce n'è bisogno, anche sotto le sante feste.

Queste puttane

I maiali muoiono prima

di Cristina Rota

Avevo una nonna, i capelli bianchi come una nuvola, gli occhi grandi come laghi, l'amavo.

Mi diceva sempre la stessa cosa, che un giorno avrei scoperto che sono soltanto il prodotto di mia madre, di se stessa e di tutte le nonne e i nonni prima di lei, che la mia voce era la sua voce, che la coscienza del tempo l'afferriamo quando siamo ancora nel grembo di nostra madre, per perderla nella luce dei giorni che attraversiamo.

Andavo a trovarla una volta al mese e tutte le volte mi regalava un vestitino con i bordi rifiniti di pizzo, blu, marrone, o nero, di velluto o di crêpe di seta. Mi regalava anche delle ballerine di vernice o di pelle, a volte col cinturino, a volte con un piccolo fiocco. Ho conservato quei vestiti per le mie figlie quando arriveranno, ma non arriveranno, è scappato anche l'ultimo gabbiano d'argento.

Bastardo tempo che consuma!

Un attimo e il mistero è svelato, disegna un piccolo delta sul corpo e scorrerà un fiume rosso e caldo. Siamo umanità, carne da macello.

Soli davanti alla nostra fine.

Mia nonna è morta sola in mezzo ai suoi figli. "Questo giorno è l'ultimo giorno, venite allo spettacolo signori e signore, questo è l'ultimo spettacolo, altro concime per la terra."

Forse ci prendeva tutti in giro e non si è spenta mai.

Quando nasci, nasci, ormai non puoi più farci niente, sei costretto a viverla tutta la tua vita, come viene, imbottigliato nel traffico dell'impotenza.

Nasciamo da un amplesso, come le cicogne, i cani, i gatti, i cavalli, i polli... Ma quand'ero piccola, guardavo in aria, a cercare uno sbattere d'ali. Quando sono cresciuta ho guardato dritto davanti a me in cerca di baci. La sapeva lunga mia nonna: non mi ha mai nascosto i suoi due cagnolini attaccati.

Ma più di tutti ho amato un cugino, aveva una faccia buona e pulita. Mi portava al cinema, a mangiare la pizza e a bere birra anche se avevo solo dodici anni.

Mi sono innamorata di lui e quando ho capito che non avrebbe ricambiato il mio amore, ho scoperto che per amore non si può morire, ma a dodici anni non avevo paura di morire, c'erano le stelle a confortarmi: quando morirò andrò lassù con loro.

Poi mio cugino è morto, l'ho cercato nel cielo per molte notti, non l'ho mai trovato, allora ho capito che non rimane neanche una luce di noi stessi.

Le stelle non c'entrano proprio niente con noi e la morte non aspetta.

Avevo un cane, si chiamava Andrea, era sordo, la testa reclinata da un lato, un'espressione dubbiosa, voleva apparire un cane svampito, ma svampito non lo era affatto, mi guardava con due occhi dolci che mi cercavano, sapeva bene ciò che era: era il mio cane.

L'abbiamo acquistato a metà prezzo perché era il più piccolo della covata e uscendo dalla madre era rimasto incastrato nella vagina con la testa piegata, quand'è venuto fuori sembrava rotto a metà. È sopravvissuto ma la testa non è più tornata completamente dritta.

Dormiva in camera mia, ai piedi del letto anche se certe mattine me lo ritrovavo sdraiato vicino, il cuscino cosparso di peli ispidi e neri. Mi adorava, come avrei potuto negargli il piacere della mia vicinanza. Puzzava, ma aveva tante altre buone qualità: devoto alla sua causa di cane era un amico protettivo, una compagnia onnipresente, un orecchio muto e imparziale.

Un giorno l'hanno investito ed è morto.

Assenza di coscienza, sonno senza sogni, materia eterea.

Muoiono tutti, prima o poi, come il maiale che mio padre aveva allevato nel cortile sotto la finestra della mia camera da letto. L'ho visto ingrassare come un vitello, oziare nel suo recinto, aggirarsi come un ossesso alla ricerca spasmodica di cibo e mio padre di cibo gliene dava a volontà.

Quella era la sua vita.

Arrivò anche la sua morte, uno stillicidio di membra. Il giorno dell'omicidio c'eravamo tutti, tutti abbiamo assistito, incuriositi, compiaciuti, ascoltavamo l'eco degli spari che miravano alla testa. Il maiale impazzito, gridava, correva sbattendo il suo corpo grasso contro il muretto di cinta, contro mio padre, contro la gente che dall'alto guardava basita la scena.

«Mira alla testa...» La gente incitava al massacro, eccitata dalle grida, impaurita dalla potenza dell'animale. Il muro cominciava a cedere, ancora spari, e il sangue, finalmente. La polvere nel cortile era striata di rosa e di rosso, dal suolo salivano folate di saliva, urina e sangue rappreso, ma gli occhi erano tutti puntati su quel quadro di morte.

«Andate via, allontanatevi tutti.» Le urla dei bambini si confondevano col pianto e i grugniti disperati del maiale non ancora morto. La bestia non poteva morire, rabbia e adrenalina fomentavano l'agonia, mentre gli spari risuonavano forti nelle orecchie fino allo stomaco.

«Bastardo muori.» Gli uomini cercavano di farsi coraggio inveendo contro l'animale.

Dieci, venti, trenta, quaranta spari e un animale morto.

Fine della ripresa, tutti a casa, siamo salvi ora, non può più farci del male.

Mi piacciono i maiali voglio conoscerli meglio.

Il mio tempo, da allora, scorre di altri dieci anni e mi ritrovo a percorrere un lungo corridoio maleodorante. Ci sono delle porte senza battenti, dei recinti, delle scrofe con i loro figli appena nati. Mi fermo in quelle stanze, dove il miracolo è all'ordine del giorno, dove la vita prende il sopravvento e fuoriesce con la forza di un fiume in piena. File di madri devote solo a se stesse, impazienti di espellere le proprie creature: sangue, placenta, materia organica solida e liquida di ogni genere, grugniti assordanti. Puerpere soggette a un'insolita depressione post-parto: soltanto un altro pretesto per mangiare di più e schiacciare impunemente i propri figli appena nati.

Madri per necessità, la cui sopravvivenza dipende esclusivamente dalla consistenza numerica della covata.

Mia nonna me lo diceva sempre: «Siamo nate per soffrire e portare il peso della responsabilità della continuazione della specie. Accrescere le membra fino al collasso, strappare da noi stesse il frutto di una sofferenza per lasciarla andare via con un pezzo della nostra vita e della nostra storia e vederla accrescersi fuori di noi, sopportare il suo patimento e il suo naturale deperimento, poiché nessuna madre può risparmiare alla propria creatura la marea del tempo che lenta copre gli scogli».

Arrivano anche le soddisfazioni: alleviare il travaglio di una partoriente aiutandola a mettere al mondo la prole è una prova che, non senza qualche intoppo iniziale, riesco a superare brillantemente.

Una mattina la mia collega mi incoraggia così: «Bene ora tirali fuori. Non vedi che non ce la fa?».

«Scusa? Cosa devo tirare fuori?»

«I suinetti, avanti, infilati il guanto.» Infilo il guanto e la guardo.

«E ora?»

«Ora entra in quel buco, quello più grosso, attenta a non sbagliarti...»

«Perché c'è il pericolo che mi sbagli?»

«Sì e se ti sbagli finisci nella merda.» La prospettiva di sbagliare mi terrorizza, mi concentro ed entro subito nel buco giusto. Afferro un piccolo e fragile arto di suinetto, immerso in un fluido caldo e denso, come passare in mezzo a due guanciali di piuma: tutta questa morbidezza mi dà coraggio e provo ad estrarre il mio primo cucciolo. Lentamente lo tiro verso di me, avendo cura di non ferirlo, attraverso l'utero e finalmente lo vedo spuntare rosa, morto e senza arti, quella che avevo afferrata era la coda.

«In casi come questi sono quasi sempre già morti, gli altri, se siamo fortunate, saranno vivi, ma dovremo ucciderli.» Assisto a un esempio di puro darwinismo, la natura che dà e che toglie, la crudeltà umana travestita da operaio, il cinismo messo lì nella schiera dei buoni sentimenti.

Non c'è tempo per i sentimentalismi, abbattiamo l'imperfetto e l'improbabile, manteniamo l'utile e il probabile. Appaghiamo il nostro desiderio di potere diventando gli artefici dell'esistenza di altri, ricopriamo il cinismo di buon senso, facendolo diventare ragionevole.

Ammazzo la mia prima vita, lo devo fare, è ragionevole.

Continuo il mio viaggio attraverso quei corridoi grigi in cerca di umanità.

La mattina mi fanno fare il giro, mi torturano costringendomi a fare il lavoro sporco, raccogliere i morti, soccorrere i feriti lievi, ammazzare quelli gravi: tre colpi secchi dietro la nuca, non uno di meno se no il poverino soffre! Eh sì perché in un allevamento intensivo di maiali la selezione è assolutamente naturale e spontanea. Un'altra iniezione di vita: non vogliamo essere brutali ma soltanto efficienti. Ottimizzare il tempo e le risorse, moltiplicare il prodotto interno lordo, contrarre le spese, comprare, vendere, produrre, consumare, sacrificare.

Io mi ribello!

Non voglio uccidere. Ma i miei colleghi sono ineccepibili: «Se non lo uccidi soffrirà inutilmente». Certo penso, ma come posso essere sicura che quel suinetto sotto peso non potrà un giorno recuperare e crescere come gli altri? Ma subito un altro pensiero mi assilla, forse non faccio altro che prolungare la loro sofferenza, dilatare la loro agonia, chiusi e malati in questa prigione, e poi, parliamoci chiaro, il loro destino è comunque segnato, dopo pochi mesi finiranno, inevitabilmente, in qualche macello. Elucubrazioni inutili e poco produttive, tradisco ogni buon proposito e uccido.

Lasciamo guarire nelle loro celle interi eserciti di neonati iniettati di clamoxil, mentre lessiamo chili di carne morta in un grosso bollitore d'acciaio grosso come il cassone di un Tir.

Nonostante tutto, viviamo in una pacifica armonia, operai, suinetti e mamme compiono ogni giorno il proprio compito con impegno e devozione alla causa: produrre carne da macello.

Ognuno ha il suo bel da fare: le mamme devono partorire in fretta e senza tante storie, i suinetti devono crescere, in fretta e senza ammalarsi, noi dobbiamo sfamare, curare ed uccidere, in fretta e senza titubare.

Il giovedì è un giorno di trasformazioni che ci mette di

buon umore: grande caccia a tutti i neonati maschi. Impresa non facile ma eccitante, l'istinto atavico del predatore divampa nei nostri animi, ci prende l'euforia della cattura, rincorriamo maiali impauriti che rimbalzano scontrandosi gli uni con gli altri. Il maiale si dimostra un animale ribelle e indomabile, per niente incline al cambiamento, ma nella mischia riusciamo ad afferrarli tutti. Esaminiamo il loro pube rosa, con meticolosa pazienza, alla ricerca di una traccia di virilità, ma a pochi giorni di vita i testicoli di quelle piccole bestie sono così minuti da riuscire a distinguerli appena. Ad uno ad uno segniamo con un pennarello rosso i giovanissimi rampolli maschi.

I fortunati, in pochi secondi, perdono irrimediabilmente la loro forza vitale su un pezzo di legno insanguinato per mano di un comunissimo operaio travestito per l'occasione da chirurgo.

Il maiale viene adagiato a gambe aperte su un tavolino di legno alto fino al bacino, davanti al quale il chirurgo, bisturi in una mano e cuffie sulle orecchie, per proteggerle dai grugniti strazianti, prima incide il poveretto in mezzo alle gambe due volte, una volta per estrarre il testicolo destro e l'altra per il sinistro, poi irrora la parte trattata con una soluzione viola che aiuta la ferita a cicatrizzarsi prima e meglio. Bisogna fare molta attenzione a non tagliare troppo in profondità, quando capita nella migliore delle ipotesi il maialino viene ricucito, nella peggiore...

Il lavoro richiede una grande attenzione fin dall'individuazione: i maschi che malauguratamente sfuggono a questa prima ricerca non possono far altro che rispuntare più grossi e dotati nei reparti successivi dove verrebbero comunque evirati, ma con molto più spreco di fatica, dolore e filo da sutura; castrare un maiale già semi adulto richiede lo sforzo di due operai maschi per tenerlo fermo e un altro per procedere al taglio, uno spreco di manodopera, tenendo conto che il maiale operato così tardi non sempre riesce a superare lo shock.

Una vita dura per i suini costretti a guardarsi le spalle da operai muniti di aghi e bisturi e scrofe stressate da continue gestazioni, che adagiano, non senza una certa soddisfazione, il loro sederone sopra a figli ignari. A volte, se trovati ancora caldi, tentiamo di rianimarli: apriamo la bocca al piccolino e attraverso la nostra mano chiusa intorno alla loro cavità orale, soffiamo all'interno, praticando poi, subito dopo, un piccolo massaggio cardiaco con il pollice: è importante salvare la vita di un potenziale prosciutto.

Benché la massificazione abbia appiattito qualsiasi diversità, in allevamento riusciamo a mantenere una certa individualità. I codardi, come me, aborrono le pratiche più sadiche come la castrazione e l'assassinio. Gli spietati, davanti alla morte prematura di un maiale di dieci chili, non resistono alla tentazione di portarlo a casa e farlo diventare un succulento arrosto per il pranzo domenicale, naturalmente dopo averlo scuoiato e dissanguato personalmente. Un altro modo per non sprecare un decesso. Di fronte a questa visione maturo l'idea di cambiare lavoro, ma il maiale è un animale interessante, decido di rimanere.

Lemme lemme, continuo il mio percorso formativo finendo nel reparto più sovraffollato dell'allevamento: lo svezzamento. A circa un mese di vita i suinetti vengono strappati al grembo materno e trasportati qui, dove possono trascorrere la loro gioventù in compagnia dei propri coetanei aspettando di raggiungere un peso di circa trenta chili. Il giorno della loro deportazione dalla sala parto, i corridoi diventano strade percorse da un via vai di carretti pieni zeppi di maiali accatastati gli uni sugli altri, impietriti dalla paura. Li suddividiamo in baste (recinti di ferro) che possono contenere circa tredici maiali. Ogni basta è un microcosmo a sé stante: gli animali più leggeri e d'animo pacifico subiscono un umanissimo nonnismo di brigata mentre i sofferenti e i malati terminano agonizzanti la loro breve esistenza.

Nonostante sia un reparto turbolento, noi operai ci adoperiamo come sempre a curare i feriti lievi, nutrire abbondantemente gli animali in salute, isolare i malati gravi, eliminare i pesi morti.

Come far sparire un maiale di venti o trenta chili? Mettendo in atto una vera esecuzione con tanto di spranga di ferro: pochi colpi assestati bene in mezzo agli occhi e la bestia finisce tra le braccia di Caronte.

Un reparto occupato da veri "ragazzacci": liti per il controllo del territorio, per la distribuzione delle risorse, per l'assegnazione degli spazi. Ogni recinto rappresenta un quartiere dove i più forti hanno la meglio. Non interveniamo quasi mai, qualche morto ogni tanto viene tollerato, anche perché il sacrificio dei più deboli irrobustisce i più forti e regala spazio ai sopravvissuti. Monitoriamo il reparto con discrezione stando attenti che le piccole faide di quartiere non sfocino in risse troppo violente e quindi controproducenti per la città allevamento: tutti i mesi abbiamo bisogno di carne fresca, necessaria a non farci andare in fallimento.

Facciamo spazio ai più potenti e ai più resistenti nel tentativo di fortificare la specie, in migliaia di anni ci siamo evoluti, mangiamo meglio, dormiamo meglio, lavoriamo meglio, viviamo di più e più in salute, la vita è migliorata in ogni campo, ma la violenza non ha ancora liberato i nostri corpi sani, e si fa spazio in mezzo a paura e codardia, ripieghiamo su noi stessi, cavalchiamo l'onda dell'indifferenza, dando voce alla nostra voce e nulla di più.

Quando la situazione degenera interveniamo noi operai, pienamente investiti del potere di reprimere le rivolte con ogni mezzo: punizioni corporali quali la volgarmente detta "calciata nel culo" o peggio "mazzata sulla testa", provvedimenti leciti e autorizzati, da noi stessi.

Isolamento e lavori forzati non vengono inflitti: l'uno perché antieconomico, tanto spazio per una sola bestia, l'altro per pura incapacità del maiale a svolgere mansioni umane. Questo già precario equilibrio viene minato dalle patologie polmonari che in questo ambiente malsano proliferano: i bacilli che fuoriescono dalle gole arrossate e dai polmoni intossicati dei poveretti raggiungono presto la bocca dei vicini, pressati come sono nelle loro celle anguste, provocando, a volte, vere e proprie epidemie.

A questo punto del loro ciclo vitale i maiali subiscono la loro seconda molestia fisica, ma questa volta non risparmiamo nessuno: maschi e femmine vengono marchiati sul lobo dell'orecchio. Non è un'operazione difficile e, almeno a quanto sostengono i miei colleghi più anziani, è anche indolore: un operaio tiene ben teso il lobo del malcapitato ed un altro, con una pistola ad aghi imbevuti di inchiostro, gli tatua l'orecchio. Il problema è prendere l'animale e tenerlo fermo, quelle bestie sono veramente diffidenti!

Il maiale così marchiato acquista finalmente una propria identità e provenienza precise: "Sono il maiale n° tot... e vengo dall'allevamento tale!".

I reparti scandiscono le fasi della loro vita. Il tempo della loro sopravvivenza dipende esclusivamente dal peso: sì, perché i maiali muoiono prima e non certo di morte naturale, quanto più in fretta raggiungono i 110 chili di peso. Raggiunta questa soglia mortale, viene programmata la loro partenza per l'azienda che li trasforma in prosciutti, salami, costolette e quant'altro è utile all'alimentazione umana.

Una vita passata a mangiare con ingordigia, ingrassare e morire prematuramente.

Una corsa verso il macello più conveniente, un degno sacrificio per sfamare intere popolazioni di esseri umani.

Sostenuti da questa convinzione, noi operai li curiamo con scrupolosa devozione, e li nutriamo abbondantemente per portarli quanto più in fretta possibile ad una morte programmata. Il tempo di vita di un maiale? Circa sei mesi, cinque e mezzo se siamo bravi e attenti. Una sfida non contro la morte, ma per la morte!

Per questo motivo i reparti si dividono anche in base al peso dei loro abitanti: in quello dei magroni, per esempio, il maiale pesa circa 60, 70 chili! Questo luogo si presenta come una grande bolgia puzzolente e rumorosa, un ammasso di carne costipata, un sanatorio troppo affollato dove non è insolito trovare un animale senza vita, anche dopo giorni, schiacciato e nascosto dai suoi simili ancora vivi.

Il problema principale in questo reparto? Le malattie. I maiali stretti stretti gli uni agli altri, privi di spazio vitale e soffocati dal loro respiro, rischiano spesso polmoniti, influenze e fratture. I polmoni vengono duramente messi alla prova da una scarsa aerazione, e dal sovraffollamento. Le fratture sono le troppo spesso inevitabili conseguenze di liti o incidenti di percorso: a volte il poveretto rimane incagliato per ore, se non giorni, nelle griglie di scolo dei liquami. Naturalmente noi cerchiamo quasi sempre di salvarli, isolandoli in baste per "single" sfortunati, cucendo lì dove è possibile oppure aspettando il naturale decorso del trauma.

In questa fase del ciclo di vita del maiale le epidemie rappresentano il rischio più grave, per questo motivo scegliamo un approccio diverso al problema e per una volta cerchiamo di prevenire piuttosto che curare: vacciniamo gli animali ad intervalli regolari, una mansione tutt'altro che noiosa.

La mattina delle vaccinazioni usciamo dal laboratorio armati di pistola pronti a punturare qualunque essere in movimento o quasi in movimento. La pistola è una grossa siringa con tanto di caricatore, grilletto e canna di espulsione: un'arma pronta per la battaglia! Ogni tanto il colpo non raggiunge l'obiettivo predestinato e finisce nella coscia del soldato: questo può succedere quando il nemico, più veloce, riesce a liberarsi dalla presa all'ultimo momento e spostandosi di scatto lascia l'arto del povero operaio scoperto.

«Niente paura,» mi rassicurano i miei colleghi più esperti «un po' di vaccino per maiali non può farti male.»

Finita la battaglia visitiamo l'ultimo, in ordine crescente di peso, reparto, quello dei grassi.

Il reparto più tranquillo e meno impegnativo dell'allevamento: ormai grossi e vaccinati, i maiali trascorrono le loro giornate in una quiete innaturale. Satolli satolli, aspettano pigramente il giorno della loro partenza.

Una mattina di sabato, all'alba, i camion della morte vengono a prenderli. Ogni volta la temo quella mattina: quelle stesse bestie che ho fatto nascere, ho nutrito e curato mi lasciano per sempre.

Funziona più o meno così: ogni due sabati ad ogni operaio tocca l'ingrato compito di accompagnarli su quei camion.

Si arriva in allevamento verso le sei e mezz'ora dopo si sta già combattendo con maiali infuriati di 110 chili, nel tentativo di farli uscire quanto più ordinatamente possibile dai loro recinti e portarli ad uno ad uno sui camion. Una fiumana di animali inferociti e spaventati, picchiati e insultati da operai ansiosi di finire la giornata di lavoro.

Finito tutto, resto ad ascoltare i loro grugniti assordanti allontanarsi nella luce fredda del mattino.

Dopo di che la giornata prosegue come sempre fino a mezzogiorno. Poi finalmente a casa, a lavare via puzza e sensi di colpa. Ambedue le cose è veramente difficile scrollarsele di dosso: l'odore dolciastro dei maiali, misto a quello acido degli escrementi e a quello mefitico dei loro corpi in putrefazione pervade l'interno della mia macchina e impregna vestiti e capelli. I sensi di colpa rimangono imprigionati nella mia giovane ed ancora inesperta coscienza.

Dopo tutto questo tribolare vengo promossa e posso finalmente accedere ai reparti più importanti dell'allevamento, i motori di tutta l'organizzazione: la gestazione e la sala verri!

Il primo è un luogo in cui le femmine prima consumano i loro amplessi artificiali e poi rimangono parcheggiate nei loro miniappartamenti 50x120 nell'attesa del lieto evento, coccolate e viziate da operai umani e comprensivi, come i Kapò di un lager.

Circa alla decima, undicesima sfornata di suinetti, ormai sfinite da mesi di parti, allattamenti e lavande vaginali finiscono a riempire i migliaia di panini che mangia l'essere umano.

Senza avermi chiesto niente, mi mandano ad occuparmi dei loro amplessi. Il lavoro si svolge in varie fasi.

Prima fase: individuazione delle femmine in calore.

Due metodi: primo, quello ortodosso di tipo deduttivo-annusativo: passaggio quotidiano di maschio tra le femmine per individuare quelle disponibili ad uno pseudo-accoppiamento. Con questo metodo non ho problemi, anche perché il maschio è un amico mio.

Secondo, di tipo induttivo-masturbativo, meno ortodosso, con stimolazione manuale di vulva di potenziale femmina desiderosa di...! Sì perché non è che ti mettono l'annuncio AAA. CERCASI VERRO DESIDEROSO RAPPORTO, NON DURATURO MA INTENSO ED EFFICACE, PER MAXI PROCREAZIONE DI ALMENO 12 SUINETTI, SE NO SARÒ PRESTO PROSCIUTTO. No! Bisogna capirle, psicoanalizzarle!

Per il secondo metodo non sono molto adatta ed è tutto

nelle mani, e nelle dita, dell'operaio che mi istruisce a questa nuova mansione; un collega anziano quasi sempre in malattia.

Mettere in pratica il primo metodo è un vero piacere: che gioia godere dell'astinenza forzata di quel porco, che tutte le mattine è costretto a passare in mezzo a così tante femmine in calore, pronte a farsi fare qualunque cosa pur di rimanere vive, e guardare il poverino sputare veleno ad ogni passo. È il sogno di ogni donna ed io posso sognare tutti i giorni, anche più volte al giorno.

Per la seconda fase, l'inseminazione, mi insegna un solo metodo: quello tradizionale che risulta essere il più gradito ed efficace: introduzione di membro artificiale nella vagina, vera, di femmina in calore e già dalla prima inseminazione capisco che non fa proprio per me, non sono tagliata per fare l'uomo!

In allevamento mi conquisto anche un'altra importante responsabilità: provvedo alla nutrizione delle giovani e meno giovani mamme.

La mattina, quando accendo la luce in reparto, si alza dalle gabbie un'ovazione di grugniti assordante. Benché quell'acclamazione rappresenti, in un certo qual modo, un quotidiano benvenuto, a lungo andare diventa veramente fastidioso e siccome il buongiorno si vede dal mattino, il nostro capo decide di regalarci grandi cuffie nere imbottite per ovattare quella cagnara. La mia indole creativa le sostituisce subito con delle auricolari per walkman con cui, oltre ad isolare il frastuono, posso ascoltare tutta la musica che voglio, ma soprattutto posso impedire ai miei superiori di scovarmi: in un allevamento non esistendo altoparlanti, l'unico sistema per trovare qualcuno rimane quello di chiamarlo per nome a squarciagola, quindi con quelle cuffie in testa sono praticamente invisibile!

In gestazione rimango poco tempo, e quando cambio reparto, le mie amiche mamme mi salutano con un sorriso amaro, le loro espressioni tradiscono un non so che di invidia e ostilità, come biasimarle in fondo sto andando in sala verri, tanti maschi solo per me... e tutti disponibili! Maiali di 300, 400, anche 500 chili concentrati in un'unica stanza.

Ora è tutto chiaro, le mie amiche mi invidiano solo perché io devo stare dalla mattina alla sera con ogni sorta di maschio, non sapendo che devo svolgere un lavoro delicato e importante in modo assolutamente professionale e disinteressato, proprio per niente ludico.

In pratica la mia mansione principale, in questo reparto, è la manipolazione dell'attributo sessuale del verro fino alla completa estrazione del liquido seminale. Il tutto rigorosamente a mano. Una vera faticaccia per un misero stipendio da operaio.

La prima volta è stato doloroso, ma ci si abitua a tutto.

È un reparto di fondamentale importanza, dai verri dipende la vita di tutti i maiali che vivono in allevamento e anche di chi ci lavora.

Le gabbie dei verri sono più spaziose, più pulite e più silenziose, i maiali vengono monitorati 24 ore su 24 con estrema devozione, le loro esigenze soddisfatte prima degli altri. Si controlla il loro stato di salute quotidianamente e si presta molta attenzione a prevenire i loro cali di desiderio, anche se una volta esaurite tutte le loro potenzialità faranno la stessa fine di tutti gli altri maiali, il privilegio di essere maschi non risparmia il macello neanche a loro.

Per estrarre il liquido seminale adottiamo tecniche "manipolative" differenti a seconda del verro in questione. Per prima cosa osservo attentamente il lavoro del mio collega e questa è la mia unica gavetta.

Decido di adottare un'unica tecnica con tutti i maschi: nonostante l'impegno e la devozione che impiego nel mio lavoro non riesco a fare delle differenze tra un verro e un altro, per me sono tutti ugualmente arrapati e le mie uniche discriminanti sono il peso e l'età del maiale.

I più pesanti e quindi i più vecchi sono più mansueti ed è più facile per me controllare la loro foga.

I più leggeri e giovani, invece, si dimostrano incontenibili e tenerli a bada mi costa molta fatica: spaventati da una più che legittima ansia da prestazione, a volte, quando l'amplesso non è di loro gradimento, possono addirittura diventare violenti.

Il procedimento per l'estrapolazione del liquido seminale è rigorosamente manuale.

Libero il maiale in una basta dove al centro è posizionato un pezzo di legno, lungo più o meno quanto una scrofa, in gergo la "cavallina", che provvedo, quotidianamente, ad irrorare di piscio di femmina in calore. Il bestione, ingrifato, si sdraia su quel pezzo di legno puzzolente e bagnato desideroso di sfogare tutto il proprio testosterone. L'eiaculazione del verro mi riempie di soddisfazione: il maiale può espellere fino a mezzo litro di liquido seminale: una bomba! Resta su quella benedetta cavallina anche per venti minuti di seguito con un'espressione beata sul volto, dimostrando un godimento che nessun uomo potrebbe mai raggiungere.

Rimango seduta ai piedi del verro pronta ad afferrargli il membro con la mano, membro le cui fattezze assomigliano più ad un tirabusciò, un cavatappi, lungo e sottile come un dito pollice. Bloccargli l'attributo è un'operazione non facile, il maiale ha infatti la consuetudine di muoverlo avanti e indietro abbastanza velocemente da rendere difficoltoso l'abbranco. Ma una volta afferrato stringo saldamente la mia mano intorno al suo membro, e solo allora il porco comincia ad eiaculare con calma, molta calma, troppa calma! Ed ecco i proverbiali 15, 20 minuti di coito ininterrotto. Una tortura per me e una libidine per il verro. Terminata l'operazione riaccompagno il maschio appagato nei suoi alloggi tranquillo e rilassato mentre io, stanca e turbata, mi affretto a portare il liquido vitale in laboratorio per analizzarlo, diluirlo e refrigerarlo. Con una pipetta aspiro qualche goccia di sperma dal termos dentro il quale ho fatto eiaculare il verro, le deposito su un vetrino sterile e guardo ammirata attraverso il telescopio. Miliardi di girini impazziti si dimenano sotto i miei occhi. Valuto la loro vitalità e controllo attentamente che la forma degli spermatozoi sia regolare: una piccola ellisse con una coda lunga e sottile. Successivamente, dopo averlo diluito in una soluzione salina, distribuisco il liquido nelle varie dosi, un seme molto vitale mi consente di ingravidare anche quindici scrofe, i maschi più giovani risultano essere i migliori, i loro spermatozoi si muovono come delle saette. A volte può capitare di rilevare delle anomalie nel loro aspetto e in questi casi il seme viene portato all'Istituto Zooprofilattico e fatto analizzare. Uno sperma indolente e moscio lascia un segno indelebile sulla cartella clinica del povero maschio: ogni nuova eiaculazione sospetta lo avvicina sempre di più alla sua eliminazione dal ciclo produttivo.

Ogni maschio viene fatto godere, in media, una volta alla settimana. Benché i più giovani dispongano di una potenza sessuale maggiore rispetto ai più anziani, non abuso mai di loro, cioè non più di una volta alla settimana!

I miei verretti mi vogliono proprio bene. Tino, timido e riservato, preferisce che mi sieda dietro di lui, non potendo certo spegnere la luce!

Osvaldo, dal temperamento dolce ma passivo, adora farsi accarezzare tra le orecchie.

Poi ci sono i nuovi arrivati, gli inesperti, con loro devo essere una vera professionista!

Le mie prestazioni in allevamento sono apprezzate da tutti, animali e non, svolgo il mio lavoro con passione, la fatica non mi spaventa, stringo i denti e vado avanti.

Ma un giorno finisce veramente male. Sto facendo il mio solito servizietto e proprio nel momento topico mi si blocca la mano chiusa intorno al povero cavatappi. Provo a gridare «Aiutatemi, sono qui, sotto il verro!» ma niente. Il maiale, tutto sudato, mi guarda di sbieco, implorante, ma le dita non rispondono ai miei comandi. Sembriamo spacciati tutti e due, sepolti nella sala verri.

Soltanto dopo un bel po' ci hanno liberato, insospettiti dalla mia lunga assenza e memori dei miei piccoli stratagemmi per eclissarmi dal lavoro, vengono a cercarci.

Tremendo attacco di tendinite, ha detto il dottore! E la mia carriera è finita lì, con un cavatappi tra le mani e un maiale paonazzo in fin di vita!

Finalmente fuori, esco alla ricerca del cambiamento.

Entro nella mia macchina puzzolente dei corpi morti che ho trasportato e riaffiora il ricordo di un animale crivellato, appeso a testa in giù, la lingua a penzoloni, il corpo ancora caldo ma rigido, nervoso. Il maiale del mio cortile, ammazzato per regalarci la sua carne. L'hanno dissanguato, scuoiato e fatto a pezzi per scoprire che non serviva più a niente, era morto troppo lentamente lasciando il tempo all'adrenalina di entrare in circolo e rovinare la carne, niente costolette, niente insaccati, tutto tempo sprecato... doveva morire prima!

Visitando l'Opg di Aversa

di Dario Stefano Dell'Aquila

> C'è la bellezza e ci sono gli oppressi. Per quanto difficile possa essere vorrei vivere rimanendo fedele ad entrambi.
>
> *A. Camus*

28 dicembre 2006, ore 10.00. Una delegazione guidata da Francesco Caruso, deputato indipendente del Prc, entra in visita nell'Ospedale Psichiatrico Giudiziario di Aversa. Un parlamentare ha diritto a effettuare la sua visita accompagnato da due persone o collaboratori. Nell'Opg di Aversa ci sono 300 internati, 100 agenti e un solo educatore. Uno di quei due accompagnatori sono io.

Di ingressi così, nonostante quasi dieci anni di visite in carcere, non ne ricordo. Non è la mia memoria a fallire. Così proprio non ve ne sono stati. È stata questione di pochi minuti. Il contrasto tra l'ampio spazio verde, con papaveri e papere, e l'area del passeggio della sezione Staccata è netto. Il tempo di un portone, due scalini, e poi un cancello dai vetri levigati e dalle sbarre di ferro. È un attimo, delle circa cinquanta persone che passeggiano, una trentina ci circonda, in modo frenetico, mani tese, frasi smozzicate, altre più rabbiose, curiosità, richieste di favori, piccole domande. Siamo separati da questo fiume di storie. Francesco, da un lato, con il suo gruppetto (direttore e comandante degli agenti), Roberta, che fa appena in tempo a tirare fuori il suo taccuino, ed io. Per contrasto all'interesse di molti, una discreta parte degli ospiti di questo cortile largo e irregolare, con l'aria di sala d'aspetto di una stazione dimessa, ci ignora, immobile, prigioniera di piccoli e ripetuti gesti. Qualcuno, correndo, attraversa freneticamente il cortile, un internato è poggiato al muro e apre e chiude, ripetutamente, una fontana. Altri rimangono immobili, appoggiati ai muri.

> Gli Opg un tempo si chiamavano manicomi giudiziari. Oggi ve ne sono sei in tutta Italia, due in Campania. Sono circa 1.200 persone internate. Sono a tutti gli effetti carceri e dipendono dal MINISTERO DELLA GIUSTIZIA. In generale la posizione giuridica di chi vi è recluso è di due tipi. Vi sono persone che hanno compiuto un reato, ma che non sono in grado di intendere e di volere. Sono quindi condannate non a una pena determinata, ma a una misura di sicurezza che può essere di due, cinque, dieci anni. Proprio perché sottoposti a misura di sicurezza, e non ad una pena, si definiscono internati. Se al termine del periodo sussiste la pericolosità sociale, il magistrato proroga la misura di sicurezza. Capita così che una persona che commette un furto per il quale sconterebbe meno di un anno, se viene dichiarata non sana di mente finisce per scontare una pena infinita. Ci sono poi detenuti comuni che perdono il "lume della ragione" e la cui pena viene sospesa e vengono mandati in Opg. Se rinsaviscono tornano in carcere (art. 148 c.p.).

Si affollano curiosi, ripetitivi, alcuni con le domande classiche del detenuto, una carta processuale sempre in tasca, ma i più con domande insolite, una richiesta di dialogo o una storia raccontata a metà. «Come lei sa io sono un amministratore politico» mi spiega un ragazzo, quando apprende che c'è un parlamentare nella delegazione.

Cerco di tenere d'occhio Roberta, è l'unica donna del cortile, immagino l'unica o quasi dell'Opg, quando l'agente si accorge della mia preoccupazione, mi dice, vado a vedere la tua collega. Collega di cosa, mi chiedo?

Gli internati si avvicinano a turno, mi chiedono: «Siete voi l'onorevole?». La risposta negativa non serve a scoraggiarli. Sono sporchi, maleodoranti, panni dimessi, cappotti su pigiami, pullover che ricordano altre mode, mi colpisce quanti di loro siano segnati da dermatiti, alcune appaiono devastanti, uno ha la pelle del viso squamata, un altro come delle stimmate sul dorso della mano.

La Staccata è la sezione storica dell'Opg di Aversa. È quella dei letti di contenzione, degli elettroshock, dei pazzi pericolosi e irrecuperabili, delle leggende, delle botte, degli esperimenti psichiatrici. Lo sanno tutti, ma la testimonianze scritte sono poche.

> Ad Aversa, io potrei testimoniare, ho visto uccidere un uomo vicino al mio letto di contenzione. Uccidere! Uccidere, proprio uccidere! Ed io fare silenzio, stare zitto per paura di fare la stessa sua fine. Non si scandalizzi. Non uccidere, uccidere, proprio ucciso. Questo qui era di Pescara, non ricordo il nome perché sono diversi anni. Dunque questo qui durante la notte strillava, urlava «Direttore, Direttore!». Arrivava la guardia che prendeva i bidoni dell'acqua gelata e glieli buttava addosso. In pieno inverno: a gennaio. Continuava per una settimana. Il 6 gennaio, al mattino, cominciò a sgorgare sangue dai polmoni, fu portato in infermeria e quello era morto. Per me lo hanno ucciso. (Testimonianza di un internato, 1971)

Oggi è diverso, mi dicono. In questi posti però non è mai soffiato il vento di riforma che ha permesso di chiudere i manicomi. Qui ogni cosa appare sospesa, il tempo, la dignità, i diritti.

Non sono mai riuscito a vederla per bene questa sezione, distante dagli altri reparti. Questa volta con Francesco abbiamo concordato che è la prima cosa da vedere. La calca di persone dura forse un'ora, forse meno, ma il tempo sembra rallentare. Alcuni ritornano, più volte, a ripetere le stesse cose, stesse richieste e domande. Molti bisogni, ma quello del dialogo sembra prevalere. Si presentano, cognome e nome, si allontanano quando si avvicinano gli agenti, lucidi nel riconoscimento dei pericoli e delle gerarchie. Quando chiedo gli anni di permanenza, e ogni giorno in una condizione del genere sarebbe eccessivo, è un brivido. Quattro, sei, dieci anni. *Monti Francesco* digrigna i denti, ogni volta che termina la frase, un rumore di gesso contro la lavagna, come a sottolineare l'importanza di ogni frase. «*Si sta male, hai capito, si sta male, si sta male*» e tac, un rumore di denti contro denti. Denti così neri che ti chiedi come stiano su. Un internato, privo di un braccio, trotterella da un gruppo all'altro, mentre Francesco mi ripete che gli agenti sono violenti, che si sta male, e digrigna i denti con rumore sordo.

Nel cortile spicca un ragazzo snello, alto, ben vestito, dai capelli curati, che si aggira nervoso con un'agenda sotto il braccio. A placare gli internati le sigarette, gli agenti le distribuiscono come calmante, sembrano funzionare di più degli psicofarmaci. Mi tornano i mente i piccioni. Basta tirare fuori un pacchetto e a gruppetti si affollano, per poi disperdersi ognuno con la sua sigaretta da fumare subito e da difendere dagli altri. Qui il mondo è un cortile e l'orizzonte una grata.

Un internato giovane, omosessuale, si muove solo con la sua Barbie. Non mancano, tra chi mi attornia, battute e allusioni. Dieci anni così e o perdi del tutto il desiderio o sei disposto ad accoppiarti anche con una lumaca.

Cerco di raggiungere il resto del gruppetto, facciamo per rientrare, mentre loro terminano il passeggio. Mi attardo un po' a stringere mani, ad ascoltare le ultime frasi. «Dottore hai capito, è tentato omicidio, non omicidio, dillo all'onorevole, e, si sta male, si sta male, si sta male» tac. Si chiude il cancello. Vorrei fosse finita qui, ma si prosegue.

Le celle sono vuote, con l'eccezione di qualche internato che rinuncia al passeggio. Da una cella spunta un fantasma, si chiama Costantino, è sostenuto da un altro internato e sembra un bambino di tre anni che saluta. Si regge a fatica in piedi. Ha un sorriso sdentato e incosciente. Sta qui da circa 30 anni, ne ha 55, ne dimostra venti in più. Le celle sono vuote, appena un letto, un lenzuolo bianco grigio e una coperta marrone con una striscia bianca. Niente comodini, scritte alle pareti, foto di donne nude, tavolo, sedie. Un bagno altrettanto vuoto e indecente. Sembrano disabitate, le finestre aperte a fare entrare l'aria fredda che però non riesce a coprire un odore di chiuso e sudore. Sono stanze per fantasmi.

La stanza numero sei ha una scritta, in alto a sinistra, su un cartoncino rosa, che è di per sé un programma politico. Stanza Coerciti. Dentro tre letti, piccoli, fissati al suolo, con un buco al centro per i bisogni e un secchio sotto a raccogliere. Sono vuoti, ma, come apprenderemo dal registro che di lì a poco andremo a vedere, sino a qualche giorno fa ancora occupati. Due strisce di cuoio, una per lato, e il resto non fai fatica a immaginarlo. Penso che li attacchino seminudi, per permettere di fare i bisogni, ma devi scegliere se vuoi defecare o pisciare. La posizione è fissa, devi scegliere. Mi chiedo in quale codice penale ci sia scritto se devo tenermi addosso l'odore di piscio o la puzza di merda. Vorrei saperlo dire delicatamente ma non vedo alternative.

Francesco mi si avvicina, gli dico di prendere visione del registro eventi della sezione. La burocratizzazione della sofferenza è un meccanismo che mi ha sempre stupito. Uno si chiede che senso abbia, in un lager, contare i reclusi, segnare il numero di pasti, le punizioni, i pacchi ricevuti, le lettere censurate, se poi quelle persone verranno uccise. Ma con il tempo ho capito che le istituzioni totali si dispiegano con gli stessi meccanismi del potere amministrativo, nulla è lasciato all'uomo, ogni cosa è parte di un sistema impersonale che richiede registri, cartelle cliniche, fascicoli personali. Si registra con minuzia tutto, anche la crudeltà o l'evento più indifferente.

Francesco, la cui bonarietà sembra sorprendere tutti, ci precede in infermeria (due armadietti, un lettino e poco altro). Dal registro risulta che Marco O. è stato legato per 11 giorni. Duecentocinquanta ore, con un buco per cagare e pisciare, le stesse lenzuola e il letto affianco al tuo con un altro che, legato, urla.

Finalmente siamo fuori, di nuovo l'area verde, le papere, le capre, un cielo freddo e terso. Mentre usciamo, gli internati che hanno finito l'ora d'aria si affollano al di là della porta con i vetri e le grate. Gli agenti attendono la fine della nostra visita per farli rientrare.

Prendiamo fiato, ci rechiamo verso un'altra sezione, c'è il tempo di un rapido confronto, di due passi. Decidiamo di andare nella sezione 6, dove è stato trasferito il ragazzo che è stato *allettato* per undici giorni.

Il personale medico di un Opg è convenzionato. Non ci sono psichiatri assunti, ma consulenti per 36 ore mensili circa. Sono attualmente sette. Se dividiamo il monte ore di consulenza per il numero di pazienti, tutto si traduce in 12 minuti di assistenza psichiatrica settimanale a testa. Gli infermieri sono circa 60, 44 dei quali a contratto.

Per il vitto si spendono 1,69 centesimi di euro a internato. La struttura costa 4 milioni di euro l'anno, molto meno di quanto si spenderebbe per un carcere, ancora molto di meno di quanto si spenderebbe se queste persone fossero ospitate in strutture residenziali.

La sezione dove andiamo è più decente. Nel senso che le celle sono un po' più abitabili, ci sono dei tavoli dove gli internati possono sedersi, non si registra il senso di abbandono della Staccata. Ma i visi, più o meno giovani, sono gli stessi: sguardo un po' perso, riflessi lenti. Troviamo Marco. Francesco, senza presentarsi, gli dice: «Tu sei Marco, andiamo a parlare fuori?». Obbedisce, ma mi sembra spaventato. Lo sarei anche io se qualcuno che non conosco, dopo undici giorni che sono stato legato, mi dicesse di seguirlo, attorniato da agenti e dal direttore. Nel cortile riusciamo a parlare con Marco, tenendoci un po' in disparte dagli altri.

Il dialogo è suggestivo, seduti su una panchina, Francesco conversa con grande normalità, forse troppa. Marco ha 44 anni, è di Milano, è lì da poco, sembra una persona dolcissima, parla della sua esperienza con distacco, con serena rassegnazione. Non sa dirci molto, penso sia l'effetto dei farmaci sedativi, non si ricorda il nome del suo avvocato né quello di una sua amica. Non sembra rassicurarsi quando gli spiego chi siamo, ci dice solo che lui con la politica non ha mai avuto a che fare. Giuseppe, che di anni ne ha qualcuno in più, ci ferma per spiegarci che lui è capace di distinguere chi ha problemi e chi no, da come parla, da come muove occhi e mani. Si vede, dice, che noi siamo persone buone, lo psichiatra che invece gli prescrive le cose senza alzare la testa (e mima chiaramente la dinamica) no, non è una buona persona. Ci dice che se abbiamo bisogno di una consulenza possiamo rivolgerci a lui. Anche qui nessuno parla con nessuno, appena un infermiere alla porta, qualche agente, non c'è traccia di assistente sociale, di psicologi, di volontari.

Usciamo, ma ancora non è finita. Abbiamo un obiettivo specifico e dobbiamo mantenerlo. Andiamo alla sezione 5, cerchiamo un internato che ci ha scritto, lamentando specifiche violazioni. Entriamo in una cella molto grande, spaziosa, vi sono circa sei letti, due dei quali a castello. Appena ci vede un ragazzo, fisico da culturista, si entusiasma, corre a chiamare l'amico che è fuori. Qui, come nella sezione precedente, le celle sono aperte, ci sono spazi condivisi.

Gabriele non è alto, ma ha un aspetto imponente. I dorsali appaiono stretti in una T-shirt aderente, i bicipiti, fortemente sviluppati, sono coperti di tatuaggi. Gli avambracci, invece, sono pieni di cicatrici, residuo di tagli. L'autolesionismo è la prima forma di protesta. Non fai nulla agli altri, ma il tuo corpo diventa un concentrato di proteste. Ogni rivendicazione un taglio. A Gabriele questo non è bastato. A Rebibbia ha anche sequestrato un agente, nel 1999, una cosa rara, rarissima nel panorama carcerario. Posso immaginare il trattamento che gli viene riservato. È lucido, lucidissimo, ha scontato nove anni di carcere, cui sono stati aggiunti altri sei mesi di Opg. Non ha motivo per stare qui, ha certamente un carattere problematico, ma non ha nulla di psichiatrico. È romano, di Centocelle, sul gomito ha tatuato una svastica. Si sviluppa un'improvvisata assemblea, direttore, agenti, noi, altri internati e Lele, che comincia una lunga serie di rivendicazioni, una narrazione di diritti violati, delle pessime condizioni in cui versano, dello stato di abbandono, della solitudine, di questo inferno dantesco, dice, e l'immagine, quella di un girone infernale, è la stessa che è venuta in mente anche a me.

È un clima surreale. Lele racconta con foga, lucidamente, ma con foga, a ogni rivendicazione, chiama un compagno di cella, che spunta dal corridoio. Lele spiega il suo problema, ti dice: «Lui è arrivato che stava bene, ora guarda come sta». E poi, interrogando i compagni. «Luca, come stavi quando sei arrivato?» «Bene, mi davano la terapia, facevo lo scrivano.» «E adesso?» «Adesso sto male, non lavoro, sono entrato per un anno ne sono passati tre.»

Lele li chiama, ad uno ad uno, ti racconta i problemi di ognuno, è un fiume in piena. Il direttore abbozza un dialogo, cominciano a intervenire un po' tutti, Lele non è come gli altri, non basta una sigaretta. Si vede una matrice politico proletaria, da destra sociale. Penso che se lo avessimo incontrato in un corteo, in un'altra occasione, un 25 aprile, saremmo stati su sponde opposte, a darcele (io certamente a prenderle) o gridarcele di santa ragione. E invece siamo lì, perché «Siamo in uno stato democratico» grida Lele «e dove sono i nostri diritti, ti sembra normale come si sta qui? Io me ne vado,» dice «ma la mia battaglia la faccio per loro». Nella tensione c'è il tempo anche per un siparietto simpatico.

Quando Francesco vede il tatuaggio, ironizza, dice: «Io gli Opg li lascerei aperti solo per chi porta quei cosi». È un dialogo irreale, in uno scenario surreale. Al muro è appesa una maglietta della Lazio, la numero 9, quella di Paolo Di Canio. «È colpa tua» dice Lele al direttore. Una scena che dura circa mezz'ora, con un internato che mi chiede come può fare a ritirare la sua pensione e mi chiede di trovare la sua compagna, *Maria Criptonite.*

> La metà degli internati dell'Opg è dentro per reati contro la proprietà. Circa il 13 per cento entra per il reato di maltrattamenti in famiglia. Un modo come un altro con cui una famiglia si libera di un congiunto problematico. Un altro dieci per cento è lì per reati contro la libertà sessuale. Ben 150 internati sono in proroga, la loro misura di sicurezza è stata prorogata perché sussiste la pericolosità sociale. Possono anche essere ritenuti sani psichiatricamente ma non c'è una famiglia, una comunità, una struttura residenziale, che li prende in carico. E allora rimangono in carcere. Anche per tutta la vita.

Sembra finita, raccogliamo altre richieste, prendiamo impegni che riuscire a mantenere significa impegnare per intero i prossimi mesi, quando mi si avvicina Mario, un ragazzo semi muto, che mi scrive su un foglietto il numero della sorella. Capisco, solo grazie all'aiuto di un altro internato, improvvisato interprete di suoni inarticolati, quello che desidera. Ha chiamato a casa, la madre non ha risposto. Non possono fare altri numeri di telefono, oltre quello per il quale sono autorizzati. Mi chiede di chiamare la sorella e di chiederle di dire alla madre di farsi trovare a casa, più tardi o al massimo domani mattina che lui richiama. È il suo dramma di giornata, telefona a casa solo una volta a settimana, raramente o forse mai va a colloquio.

Usciamo, dopo cinque ore di visita, e il sole non sembra sufficiente a riscaldare il corpo. Va bene così, non ci sono più mura e sbarre alle finestre. Va bene così, *"si sta male dentro, si sta male dentro, si sta male dentro"*. Arrivati alle auto cerchiamo di mettere ordine alle idee, il catalogo delle cose da fare, comunicato, interrogazione, richieste di aiuto. Ho fretta, perché ho un treno da prendere per Bologna, metto fretta un po' a tutti. In realtà non ho fretta di arrivare, ma voglia di partire, di mettere centinaia di chilometri tra me e quel posto, perché quei corpi, quelle richieste, tutte quelle mani strette, sono pensieri che non so sistemare. La fretta è un modo per non pensare e per non elaborare nemmeno, perché parlare, si sa, porta via memoria e ricordi e io voglio essere lucido.

Nel taxi che mi porta in stazione benedico quei dieci euro, spesi per appena sedici minuti di traffico, e pochi chilometri, perché alla prigione infinita delle vite viste poco prima volevo contrapporre la mia libertà, la mia possibilità di libertà, di muovermi, come meglio mi pare. Ma non basta una doccia a portare via questi odori, questi volti di fantasmi che ancora adesso, mentre scrivo, mi impediscono di concentrarmi. Rivedo ogni volto e non provo pietà, ma rabbia. Penso a Mario, alla telefonata fatta alla sorella, che mi ha detto che la mamma è da lei, perché è malata, ma che domani sicuro starà a casa per sentire il figlio. Mi sembra di avere oltre un secolo di vita, di avere dimenticato a casa qualcosa di importante, che non ci sarà mai più poesia tra i miei pensieri e desiderio nei miei desideri, di non aver fatto mai nulla di più importante, nulla di più politico di questa telefonata per Mario. Mi sembra che tutto questo è troppo eppure ancora non basta.

Essere poveri è pericoloso. Se si soffre anche di un disagio mentale, lieve o grave, si diventa socialmente pericolosi. Gli Opg consentono di risparmiare. Una persona con problemi mentali, ospitata in una struttura appartamento, costa tanto, anche duemila euro al mese. Un internato avrebbe diritto all'assistenza sanitaria da parte della propria Asl di appartenenza. Ma tutte dicono di non avere posto, di non avere risorse. E così chi dovrebbe avere priorità nell'assistenza, diventa ultimo e una volta varcata quella soglia non ne esce più. Anche se il reato commesso è un semplice furto.

Una voce gracchiante mi informa che il mio EuroStar, con rara puntualità, parte dal binario sedici. Mi incammino lentamente, mentre il treno entra placido in stazione. Non c'è più silenzio intorno, ma un vociare rumoroso e affollato. Seduto, sfodero il portatile per scrivere il comunicato stampa. Le parole giungono da sole, mentre conto le fermate che mi separano dall'arrivo.

Corpo di guardia
di Piero Sorrentino

«Qui» dice Massimo.

Da lontano, parcheggiando nello slargo improvviso che il nastro sottile della strada fa subito dopo la grande rotatoria del corso, al cui centro campeggia una fetta verdastra d'aiuola spelata, il palazzo brilla, lucido per la pioggia fitta che ha preso a bagnarlo dalla sera precedente. L'acqua ha segnato la facciata con grosse secchiate cadute fino a pochi minuti prima. Di colpo s'è fermato tutto, e adesso pare addirittura che il sole voglia buttare qualche raggio fino a qui.

«Se non li troviamo?» chiedo.

Massimo solleva mezzo pezzo di faccia in un sorriso storto.

«E dove devono andare, secondo te?»

Giriamo attorno all'ingresso principale trascinandoci dietro gli ombrelli. I pennacchi metallici grattano a terra ricamando piccole scie nella bava liquida che copre la strada. Sotto il cielo schiarito percorriamo un marciapiede, cinquanta metri, poi una curva, un'altra ancora; ecco, ci siamo. Massimo si inginocchia scegliendo una chiave dal mazzo; la ficca nella serratura, quella fa resistenza, la tira fuori, come un consumato attore porno ci sputa sopra, lubrificando i dentini metallici coi polpastrelli, poi la reinfila. Va.

Molti listelli della serranda sono divorati dalla ruggine, e mentre Massimo la solleva produce un rumore assordante, un lungo lamento come di grandine ferrosa che solca l'aria, una specie di scroscio di biglie pesanti.

Prima della vista, è l'olfatto che registra l'aggressione più violenta. Il garage – vastissimo, buio, silenzioso – puzza. A respirare quest'aria le viscere s'annodano, strette in un grumo che si scioglie solo filtrando l'aria con la mano a coppa davanti al naso. Oltre a tenere i cani, Massimo mi ha detto che qui dentro ci dormono, e ci cucinano pure. Da qualche parte deve esserci un frigorifero pieno di taleggio ammuffito, una pentola di zuppa di cavolfiore con la crosticina marrone sopra, grosse pezzature di stoccafisso ammollate d'umidità.

I muri sembrano aver trattenuto l'asprezza del sudore sgorgato da lunghe giornate di fatica, i refoli acuti delle pozze di pipì che stagnano negli angoli si alzano a intervalli regolari insinuandosi tra i recettori del naso, installandosi capricciosamente nei polmoni, nella bocca.

Sopra a due materassi lerci ammassati contro la lunga parete di sinistra indovino i volumi di due corpi. Massimo fa qualche passo in quella direzione, come una tartaruga dalla pelle rugosa stira il collo due centimetri sopra il colletto del piumino che indossa, a sbirciarne uno.

«Questo è Diara, principalmente fa le *prove*, e ogni tanto gli allenamenti.» Diara struscia la guancia sul fagotto di panni che usa come cuscino, sventolando tre dita a mezz'aria per saluto. «L'altro è Malik. Noi lo chiamiamo Sergio.»

Sergio resta là, non si muove, sotto parecchi strati di cappotti dai quali spuntano due piedi secchi e nodosi.

Le *prove* sono il battesimo del fuoco per i cani.

C'è una sovrapposizione rituale, oltre che lessicale, che accomuna le *prove* dei cani coi *provini* degli attori. Come questi sfilano davanti al responsabile del casting esibendosi in piccole parti improvvisate della durata di pochi minuti, così quelli vengono sottoposti a vessazioni immotivate, improvvise, per testare di volta in volta, a seconda dell'ispirazione momentanea dell'addetto alle prove, la resistenza, la velocità, l'aggressività, le risposte reattive, la soglia di sopportazione del dolore.

Diara viene dal Senegal, ha 27 anni. Da due mesi ha preso il posto di Akil (che per evidente assonanza onomastica ovviamente qui tutti avevano ribattezzato *Achille*). Achille ha perso una mano. La destra. Sezionata di netto, all'altezza del polso. Mentre trasferiva un cane da una gabbia all'altra, la bestia ha voltato di scatto la testa e gliel'ha staccata.

«Un solo morso» spiega Massimo. «In ospedale ha spiegato ai medici che l'aveva persa lavorando, sotto a un flex. Gli hanno creduto.»

Diara ridacchia. Forse non capisce.

Prima di lavorare qui faceva il magazziniere in un ingrosso di abbigliamento del Centro Direzionale. Si infilava alle 7 del mattino nei cunicoli scuri dei depositi, sotto i garage del Centro, e ne usciva dopo 13 ore passate a alzare pacchi, infilare jeans e maglie negli stigli di metallo alti fino al soffitto, guidare espositori con le rotelle da un capo all'altro dell'immenso deposito. Quindici minuti di pausa pranzo, passati davanti a un cartello che dice

FUORI DALLA PAUSA È SEVERAMENTE VIETATO FARSI TROVARE IN POSIZIONE DI RIPOSO

LA DIREZIONE

Più ci spostiamo, camminando, più capisco che invece di un semplice garage siamo in una specie di hangar, un deposito vasto e largo ricavato dalla fusione di almeno quattro vani. Sotto le suole sento i confini gibbosi di quelle che una volta erano state le pareti divisorie, le scannellature imbottite di cemento e calce dove prima poggiavano i muri.

Poco più avanti, sulla sinistra, subito dopo la zona col cucinino e il piccolo televisore, entriamo nell'area dedicata alla ginnastica, separata dal resto dell'ambiente da una rete metallica che scorre su un piccolo binario lungo quattro cinque metri. Varchiamo la soglia dopo che Sergio, una specie di mummia assonnata che si srotola di dosso le coperte caracollando con piccoli passi incerti, richiamato da un fischio leggero di Massimo, sgancia il ponticello metallico del piccolo catenaccio che chiude la rete.

A sinistra, una tenda pesante color ruggine copre quattro gabbie addossate alla parete. A un cenno di Massimo, Sergio afferra un lembo e la strattona via.

Riconosco due pitbull e un dogo argentino. L'ultimo cane, a destra, assomiglia a un pitbull, ma più piccolo e inquartato, le zampe avanti corte e secche, quelle posteriori tozze e muscolose, le orecchie corte, a triangolo, mosce e penzoloni.

«È uno staffordshire,» dice Massimo «ma di solito lo chiamano *amstàff*. È una bestia rapidissima e forte, piena di *cazzimma*. Qualche anno ancora e prende piede più dei pitbull, vedrai.»

Come obbedendo a un ordine silenzioso, Malik-Sergio si arrotola attorno alla mano gli anelli della catena che spunta fuori da una delle gabbie, poi apre la grata. Mi aspetto che il cane faccia un balzo, che scopra il sipario del muso mostrando le stalattiti scintillanti di bava della dentatura, che morda l'aria sicuro di intercettare pezzi di carne da sbranare, rotoli di muscoli e pelo da lacerare.

Invece ruota il perno del collo, silenzioso, guardandosi attorno quasi stupito, come fanno i bambini appena svegli nella culla.

«Deve spezzare il fiato» ordina Massimo.

Malik lo porta fino a un tapis roulant all'angolo opposto. Lega la catena a un paletto di ferro che spunta da terra e batte col palmo sul nastro, che nel frattempo ha provveduto a azionare a velocità minima. La bestia salta su, cammina a passo normale, poi il tappeto accelera, comincia a trottare, la fettina rosea della lingua penzoloni da un lato.

Malik viene da Dabou, un paesino minuscolo della Costa d'Avorio affacciato sul golfo di Guinea. Anche nel suo paese, mi racconta, lavorava con gli animali; non è cambiato molto, dice. Lì stava nella foresta *Tai*, uno dei più grandi parchi nazionali ivoriani, ai confini con la Liberia. Quando gli faccio notare che non è proprio la stessa attività, lui fissa il cane che continua a sgambare sul nastro e non risponde.

Malik e Diara vivono qui dentro. Da sei mesi. Dormono, mangiano, cacano qui. Prigionieri di un senso malato del tempo, un tempo decrescente, che consuma in sé la vita, che se la mangia andando inesorabilmente a ritroso. Escono un po' la sera, tardi, quando i cani dormono e non c'è pericolo di controlli. Stanno fuori una o due ore, bevono una birra, si fumano qualche sigaretta camminando attaccati al guardrail della circonvallazione. Sono gli addestratori dei cani, vivono con loro tutto il giorno. Prendono una mesata da fame, ma più alta di quella che incasserebbero stirandosi le ernie al disco con le cassette dei pomodori. I padroni dei cani li lasciano dormire qui. Ovviamente non gli fanno pagare vitto e alloggio. Funzionano quindi anche da guardiani, vigilano sull'incolumità degli animali, stanno attenti che nessuno entri nottetempo per avvelenarli o spararagli. Ognuna di queste bestie costa da 20mila fino a 50-60mila euro, sarebbe imperdonabile farsele scannare dal primo che passa (e che si intasca i soldi delle giocate qualora l'avversario non dovesse presentarsi sul terreno per l'incontro).

Malik e Diara accolgono i cuccioli, ancora piccolissimi,

quando hanno uno, due mesi di vita al massimo. Diventano le loro mamme. Gli stanno vicini, li abituano alla loro presenza. Sono l'unica faccia umana che vedono fino al giorno del primo incontro. Devono concentrarsi solo sugli altri animali, mi spiega Massimo. Gli uomini devono essere una forma inedita, ai loro occhi. In mezzo all'arena per il combattimento deve starci solo il simile. L'avversario. I preparatori stilano il calendario per l'addestramento, preparano cocktail di cibo e anabolizzanti da somministrare ai cani, rubano – a volte comprano – cani randagi, gatti spelati, galli, maiali, qualche volta piccoli cinghiali da usare come sparring partner, costruiscono fruste, bastoni, collari chiodati da usare nelle ultime settimane dell'addestramento. Quando le bestie escono per battersi, Diara e Malik non partecipano mai: sul luogo dell'incontro non devono esserci visi conosciuti, facce alle quali sono abituati. E così restano al garage, in attesa della fine. Se la bestia torna viva e vittoriosa la lasciano alle cure del veterinario. Se invece esce dal Fiorino più morta che viva, mettono mano alla pistola o alla siringa.

A Diara tocca la supervisione delle esercitazioni più leggere. La *prova*, appunto, quella che si fa praticamente appena arrivati. Dopo due, tre settimane, i cuccioli vengono messi in un grosso sacco assieme a un gatto, o a un cane poco aggressivo. Si batte sul sacco col dorso di pala, piano, facendo attenzione a non schiacciarne uno. Gli animali di solito corrono a rintanarsi in fondo al sacco, e si trovano faccia a faccia. Il tempo di un breve tramestio e la prova si conclude. Se il cucciolo ferisce, o meglio ancora uccide, l'altro animale, si dà il via all'addestramento vero e proprio. Sennò, o si cerca di venderlo, o lo si regala, o lo si ammazza. Diara è anche l'addetto alla manutenzione delle attrezzature. È lui che controlla la gommatura e lo spessore dei copertoni usati per rafforzare le mascelle. È lui che testa la tenuta delle imbracature zavorrate che fanno indossare ai cani per irrobustirne la muscolatura. È lui che stringe corde e legacci attorno agli arti, così da tenerli sempre sollevati e costringendo l'afflusso del sangue in basso: «La zampa così si addormenta, e a lungo andare non sentono più dolore quando viene morsa» mi spiega.

Nelle ore morte della giornata, quando i cani mangiano o dormono, Diara e Malik giocano a carte, ascoltano musica col lettore mp3 di Malik, fanno quattro tiri col super santos mezzo sgonfio che hanno comprato dal tabaccaio sul corso. Quando gli chiedo perché non si cercano un altro lavoro, Diara dice che questo gli piace. Malik invece accenna confusamente a debiti da saldare coi suoi padroni, ma da dietro Massimo accartoccia la faccia in un'espressione come di disgusto e sventola una mano come volesse buttarsi aria dietro alle spalle.

Qua' debiti, dice.

Diva rata

di Chiara Valerio

> Il patrimonio è un insieme di rapporti giuridici attivi e passivi, aventi contenuto economico, unificati dalla legge vuoi in considerazione della loro appartenenza al medesimo soggetto, vuoi in considerazione di una loro destinazione unitaria. Si ha così il concetto di patrimonio generale della persona, la cui unitarietà si manifesta principalmente nella regola che il debitore risponde dell'adempimento delle obbligazioni con tutti i suoi beni presenti e futuri. (art. 2740 cod. civ.)
>
> P. Trimarchi, *Istituzioni di diritto privato,* Milano (2005)

Anna T. [Il caso di]

Il patrimonio è quello che ho, quello che devo dare e quello che devo avere. È lampante. Ognuno possiede i propri debiti. Anche Anna T. che però è solo un esempio. È una donna non bassa non brutta e non stupida. Non è nemmeno disoccupata perché lavora da quando aveva diciotto anni. Adesso ne ha trentasette, una casa ammobiliata in affitto, un uomo accanto e anche altrove. Talvolta. Non importa cosa fa nella vita, ma stacca alle diciassette e trenta. Fa la spesa in un supermercato enorme e sempre illuminato, in effetti sembra un Autogrill, compra verdura e frutta ragionevolmente spesso e un paio di scarpe a stagione. Ha un forno a microonde e un tavolo. Vive dunque dignitosamente e va al cinema tre volte al mese. Certo non può comprare una casa o una macchina ma i mezzi pubblici funzionano bene. Non vuole dirlo troppo ad alta voce ma funzionano bene. L'uomo a fianco e talvolta anche altrove vuole sposarla, si vogliono bene, gli dirà Sì lo voglio. Stanno insieme da quasi dieci anni. Anna T. non è grassa, non è scialba e non è nemmeno distratta e capisce che un buon regalo di matrimonio potrebbe essere una donna da sfoggiare con gli amici. Per esempio il sabato sera al bowling. Un décolleté da sfoggiare tra una birra bevuta a canna e un birillo saltato. È un regalo che potrebbe piacere anche a lei. Essere quella da sfoggiare. Anna T. non è una donna di cattivo gusto e nemmeno volgare, di certo non è una di quelle che pensano che gli uomini debbano stare al proprio posto senza commentare o discutere il fisico di una donna. Lei d'altronde gli rimprovera spesso di avere la pancia. Così decide di movimentarsi un poco il torace e si dirige in una clinica per una mastoplastica additiva. Pensa che sia un nome orribile per una cosa così morbida e consolatoria, ma è più una dissonanza che un pensiero. Anna T. non è preoccupata perché qualche soldo l'ha messo da parte. Può permettersi, con molta soddisfazione, i tremilaquattrocento euro che le vengono chiesti. Si tranquillizza quando la segretaria del medico chirurgo, rinomato, plausibilmente abbronzato e che le fornirà la cubatura desiderata, le comunica che i costi comprendono l'onorario del chirurgo, l'onorario dell'anestesista, un giorno di ricovero e la sala operatoria. Che nella mastoplastica additiva le protesi sono comprese e che i costi degli interventi sono concordati con l'Azienda Sanitaria Locale. Meglio che le protesi siano comprese, sarebbe stato davvero imbarazzante girare con due seni in tasca. Sarebbe stato di scompostezza picassiana. Con i seni all'altezza delle cosce. Non è una donna pudica, ma arrossisce. La sensazione di fare la cosa giusta al momento giusto la rende elettrica. Non è una spesa necessaria, ma nemmeno velleitaria, tutti, tutti pretende Anna T., hanno diritto a uno spicchio di felicità proporzionale alla propria tasca. Respira profondamente mentre la segretaria bionda e davvero giovane, almeno quanto lei a diciotto anni, le prospetta la possibilità di rateizzare. Afferra garbatamente le note informative sull'intervento e sulla rateizzazione e sorride alla ragazza che ricambia e le fissa un appuntamento per la settimana successiva. Anna T. è contenta di non aver scelto ancora il vestito da sposa. Sarebbe stato un problema. I corpetti e i bustini non possono allargarsi poi tanto. Mentre cammina per il rientro pomeridiano al lavoro si cruccia appena nella considerazione di tutte le spese che ci saranno per la cerimonia e per il viaggio di nozze. Assegni, anticipi, elettricisti, ristorante, noleggio auto. Contanti insomma. In fondo rateizzare l'intervento di chirurgia plastica potrebbe essere un'ottima idea e la migliore soluzione. Contemporaneamente. D'altronde non ha mai rateizzato niente. Anna T. non è una donna per la quale la puntualità sia fondamentale ma è certa che non ritarderà nemmeno un giorno nel pagamento di una rata. La settimana successiva Anna T. arriva all'appuntamento con i denti ben lavati, la doccia appena fatta e la busta paga. La ragazza le presenta un ragazzo altrettanto giovane che prende la busta paga, scruta e annota e alla fine le sorride, compila un modulo e glielo fa firmare, le ripiega una copia del contratto sul quale è scritto che la finanziaria di cui lui non è che una lontana satrapia le accorda un credito al consumo pari al costo dell'intervento. Anna T. è raggiante perché l'autunno è dolce, le rate sono ventiquattro e comode e il rimborso comincia in primavera. Insieme ai fiori di pesco. Tutto è molto rosa nella vita di Anna T. specialmente la pelle dopo che il chirurgo, che è addirittura un bell'uomo, ci ha impresso segni Apache di tagli e aggiunte. Appena uscita compra un reggiseno terza, coppa B. E strizza l'occhio alla commessa che la guarda condiscendente offrendole due pesciolini. Che poi sono imbottiture che forse galleggiano. No grazie, niente pesciolini, non più. Dopo tre appuntamenti, molte firme, e qualche giusta cautela per mantenere tale la sorpresa Anna T. esce dalla clinica con due seni che sembrano proprio i suoi tanto le donano. E in effetti, riflette, lo sono. Se li è quasi comprati. E adesso non le manca proprio niente. Nemmeno un debito.

L'uomo accanto [alla bottiglia]

Anna T. si sposa in gennaio e l'anno comincia in due. È contenta di aver rateizzato perché sul conto non le è rimasto altro che un piccolo scoperto che però non le dà pensiero perché lo stipendio arriva puntuale a fine mese e il titolare le ha pure accordato un piccolo aumento. La vita di coppia funziona, la casa è piccola ma sufficiente e il cinema non è poi una spesa così necessaria quando ci sono i dvd. L'uomo che le sta accanto e sempre meno altrove la sera collega il portatile alla televisione e vedono insieme vecchi western e nuove commedie. Lei ride, lui sonnecchia. Anna T. non si preoccupa che non le dedichi attenzione fisica nonostante quella spesa per la terza coppa B perché ogni volta che si sfila un reggiseno o indossa un maglioncino scollato a V sente di aver fatto la cosa giusta. Sfoglia il blocchetto delle rate come fosse un periodico vecchio e malconcio nel salone del parrucchiere e si bea. Lo sfoglia con distrazione e tranquillità perché il blocchetto oblungo non può dirle nulla di nuovo. Si sente guardata per la prima volta dagli uomini in metropolitana e dalle donne che poi corrono a misurarsi con gli occhi il décolleté. Per tranquillizzarsi o decidere di porvi rimedio. Anna T. consiglierebbe a tutte di porvi rimedio. Il tempo passa, marzo arriva e Anna T. comincia a estinguere il debito, ogni mese per sei mesi si riappropria di un pezzo di pelle. Fra sei mesi quel seno sarà suo e di chi vorrà farne buon uso. Mentre pensa questo e si culla in dolce attesa entra l'uomo accanto che adesso le sta davanti con una bottiglia in mano e piange perché nell'agenzia di vigilanza dove lavora lo hanno licenziato con la giusta motivazione di averlo scoperto a bere in orario di ufficio. L'uomo accanto che le sta definitivamente davanti con una bottiglia semivuota in mano dice Non è una abitudine ma avevo freddo. Anna T. pensa È vero siamo in settembre ma il clima è dolce. Gli crede perché lo ama. E sa che dovrebbe essere pure Lo amo perché gli credo, ma non è il momento delle analisi, bisogna rimboccarsi le maniche. Non preoccuparti troverai un altro lavoro. Fanno l'amore e la mattina si svegliano contenti. Anna T. si alza presto perché deve andare a lavorare. Come sempre. Alla fine di ottobre non paga la rata e nemmeno alla fine di novembre o alla fine di dicembre. L'uomo accanto è diventato seduto e le bottiglie in casa hanno cominciato ad aumentare. Anna T. vorrebbe smettere di dargli soldi, ma come è possibile che un uomo di quarant'anni sia costretto a chiederli? Un giorno sua suocera la chiama per dirle che loro non hanno più soldi da darle. Anna T. sbigottisce e chiede Quali soldi? Sua suocera non le risponde, ma questo accade sempre. Domanda a suo marito che le tira uno schiaffo. Questo non era mai successo. Anna T. non paga nemmeno la rata di gennaio e febbraio è così breve che lo stipendio, che va con i giorni, è più magro del solito. A marzo le arriva una lettera di un avvocato con una richiesta formale di pagamento. Anna T. non si preoccupa perché le colleghe le dicono Basta che ricominci a pagare, così compra verdura surgelata e paga una rata, ad aprile e a maggio l'uomo accanto quasi steso sul pavimento le chiede un aiuto economico per smettere di bere, Anna T. gli consiglia gli alcolisti anonimi, anche se non sa se esistono o siano una leggenda e riceve un altro schiaffo. Il giorno dopo chiede un permesso e lo accompagna in un istituto semi privato. L'uomo accanto è anche sorridente e Anna T. pensa che in due mesi i problemi saranno finiti e salderà pure il debito con la finanziaria. La retta dell'istituto è rateizzabile. Anna T. è ben lieta di firmare per una nuova finanziaria e che non sia finita nel registro dei cattivi pagatori. Che di certo non è una leggenda metropolitana. Tira un sospiro di sollievo ma fino a dicembre non è in grado di sostenere la retta dell'istituto, l'affitto e la rata irrisoria dell'intervento chirurgico. A Natale in una busta rossa c'è un'altra richiesta formale di pagamento. La quinta. È ben contenta di non aver aperto le altre tre, questa è assai simile alla prima solo più perentoria. La mamma non ha soldi, non ha sorelle, le colleghe nuotano nelle rate come lei solo per spese più futili come un elettrodomestico che si lava da solo o un telefonino che si connette a un computer, o uno stereo da parete che pare si senta benissimo. Non ha soldi da chiedere a nessuno. A febbraio suo marito torna a casa, è magro ma ha smesso di bere. Anna T. gli chiede di tornare a lavorare, lui le tira uno schiaffo e scoppia a piangere, è deluso perché Anna T. non capisce che dopo quasi un anno di reclusione in quel posto vuole solo avere la possibilità di passeggiare all'aria aperta e uscire con gli amici. Anna T. non solo non capisce ma non ha nemmeno il coraggio di dirgli che non ci sono soldi per un gelato la domenica pomeriggio, figuriamoci per una pizza con gli amici. A marzo, insieme ai fiori di pesco, e all'aria cheta e a uno stipendio congruo, arriva un decreto ingiuntivo del tribunale che le impone di saldare il debito contratto con la finanziaria. Anna T. non ha i soldi, si tiene in mano i seni come fossero oggetti da restituire. Che dovrà restituire? Ne parla con l'uomo peripatetico che le risponde che l'insoddisfazione porta alla bottiglia o alla pazzia, e che lui è contento di esserne uscito pulito, poi le tira uno schiaffo.

L'ufficiale giudiziario [grandguignol]

In giugno l'ufficiale giudiziario bussa alla porta di Anna T. e dell'uomo accanto al frigo, dicendo di dover pignorare mobili e gioielli fino all'ammontare di duemilasettecento euro. Che è quello che la signora ancora deve per l'intervento chirurgico. Anna T. e l'uomo accanto a lei, una volta tanto, fanno spallucce, non hanno niente, solo le fedi, qualche vestito e un computer portatile. La televisione non è nostra, può verificare. L'ufficiale giudiziario non si arrende e stima il valore del computer portatile, delle fedi, degli abiti e delle scarpe in millecentodieci euro più euro meno. Guarda il seno di Anna T. e pensa che vale davvero tremilaquattrocento euro, scorre la tabella del costo delle operazioni, scaricata da un sito ritenuto affidabile, e aggrotta le sopracciglia. Se pignorasse il seno di Anna T. potrebbe darle di resto una infiltrazione botulinica per il trattamento delle rughe di espressione, quattrocentocinquanta euro, e una blefaroplastica superiore, millezerottanta euro. Anna T. non capisce ma si copre il seno, l'uomo accanto si tira uno schiaffo. Se aveste rateizzato un vacanza adesso non avrei avuto questo cruccio. A chi lo dice risponde Anna T.

Io credo che le rate siano una conquista e una cosa buona. Nonostante Anna T. e l'uomo accanto a se stesso. Perché davvero stabiliti Tan e Taeg decenti una parte di felicità spicciola potrebbe essere proporzionale alla propria tasca. Che per definizione contiene vuoti e pieni, a quanto pare, e specialmente se uno non possiede immobili. E spicciola è l'aggettivo adatto perché pare che le persone, me compresa, chiedano crediti al consumo per cifre che non superano i duemilaseicento euro che sono due o tre stipendi secondo quello che uno fa. Se fosse anche come uno fa forse le cose funzionerebbero diversamente. Ma non c'entra la rateizzazione. Non che duemilaseicento euro siano spiccioli in senso stretto ma certamente sono assai meno dei soldi che servono per comprare una casa e tirare su tre figli e mangiare frutta e verdura fresca ogni volta che se ne ha voglia. O di quelli necessari a comprare una enciclopedia. Le enciclopedie dei pesci e dei mammiferi che mi hanno regalato mia madre e mio padre sono state pagate a rate. Ma era l'inizio degli anni Ottanta. Io pensavo che fosse normale e invece quando leggo le statistiche vedo che non c'è richiesta significativa di credito al consumo per le enciclopedie. Ma forse dipende dalla diffusione della rete e dalla rimodulazione degli spazi. Che se uno leggesse di più avrebbe meno tempo per distrarsi. Ma chi può dirlo. Forse la compulsione proiettiva all'acquisto, la cleptomania dello stile di vita un gradino sopra il proprio, ci sarebbe comunque. Perché la tensione alla luce è umana, specialmente se gli spot sono negli angoli, il tavolo è in vetro, il televisore ultrapiatto funziona anche da specchio e le scarpe con i pistoncini rendono il passo lieve almeno quanto si auspica lo sia la terra sopra la testa. I finanziamenti che ammiccano da qualsiasi quotidiano, spazio pubblicitario cartaceo video o radio funzionano proprio come due specchi uno di fronte all'altro. È un gioco da bambini. Ci si sta in mezzo e si fa capolino per contare quante stanze ci sono oltre quella vera. E quante repliche di sé. Il dramma è provare a entrarci. Si prende una testata. Non quasi sempre o talvolta. Sempre. E gli specchi ripercuotono anche la testata, ovviamente, che però, fa male in ciascuna delle immagini ripetute. Specialmente all'amor proprio. I crediti al consumo sono gli specchi uno di fronte all'altro, spesso facilitano la vita, danno l'impressione che una stanza di tre metri quadri ne contenga infinite di tre metri quadri e quindi ci sia infinito spazio ma è una illusione ottica, un caleidoscopio e un circo delle pulci. Anche nel circo delle pulci si paga il biglietto. È giusto. Le illusioni costano e ripagano. Quasi sempre. Anche quando se ne diventa schiavi e i rintocchi alla porta svegliano come i dodici di una pendola in un giorno in cui dovevi alzarti alle sei e ti senti in ritardo. E lo sei. Le rate sono scadute molti mesi fa.

Per converso [indipendenza agli sgoccioli]

> Vado convincendomi di essere molto più forte di quanto mai potessi credere, perché, a differenza di tutti, me la sono cavata con la semplice stanchezza. (...) lo spiritello che mi porta a cogliere il lato comico e caricaturale di tutte le scene era sempre attivo in me e mi ha mantenuto giocondo nonostante tutto.
>
> A. Gramsci, *Ecco Ustica*, 9 XII, 926

La laurea non è un punto di arrivo e purtroppo nemmeno di non ritorno. Si sta, anche un po' stretti. Dovrebbe essere almeno un titolo, invece è solo un limbo. In questo limbo, come in tutti e per definizione, guazzano piuttosto dantescamente molti di quelli che non sono stati battezzati con un cognome che possa garantire una certa affidabilità. Affidabilità è la parola chiave, prestate attenzione. Queste sono le premesse faziose e il Sud pontino e forse anche l'oltre Po pavese ma l'ho solo letto e ci sono passata un paio di volte col treno quindi non azzardo somiglianze che non posso sottolineare. La scena è ripetibile e abbastanza qualsiasi e inseribile dovunque ma è accaduta abbastanza a sud di Roma. Quindi a sud. Traffico disordinato da sfiducia nella segnaletica. Io c'ero e dovevo comprare un portatile. Centro commerciale luminescente, crocicchio inquietante di neon in mezzo al niente delle piccole superstrade a due corsie e mezzo, Euronics-tante-stelle-quasi-Usa offre rateizzazioni a tasso zero.

Le rate sono una ghigliottina di lamette da barba, se sei bravo puoi uscirne col collo integro e il profilo perfetto. Liscio pesca. Leggo le specifiche e scelgo il portatile. È qualsiasi, mi serve per lavorare, non è una velleità, non scelgo schede grafiche da dvd in treno e non processori con nomi da trine che costano appunto quanto un tombolo di fiandra. Mi serve questo particolare utensile solo per l'aggettivo che lo definisce. Devo portarmelo dietro, per adesso andare un poco in giro con una macchina da computazione fa parte del mio lavoro. Non lo amo ma mi rende libera e mi consente di pensare. Scelgo, grigio argento, penso Mi piace. Lo sfioro senza voluttà ma con molta apprensione. Sembra delicato quanto il mio equilibrio psichico. Rido produttiva. Mi faccio coraggio e seggo davanti a una ragazza riccia che mi sorride affabile e mi chiede cosa voglio comprare e come. Io rispondo Portatile a rate e lei Bene, la Busta paga per favore, io gliela porgo come una carta ninja, tra due dita. Mi sento spavalda. È un contratto quadriennale che scade tra venti mesi. Che sono quasi due anni. Le rate per il portatile sono sedici, mi sento tranquilla e piuttosto fiera. La mia scelta, il mio computer pagato con i soldi guadagnati col mio lavoro. Morirò dannata come Mazzarò ma mi sento fiera di questa Roba e di esserci arrivata. La signorina col gilet da hostess Lufthansa mi sorride Ma è un contratto a tempo determinato, e io Sì ma non si crucci le rate sono sedici e il contratto scade tra venti mesi. La mia voce è sicura anche se una tachicardia presaga di delusioni mi fa sussultare il tono rendendolo appena teso e acidulo. La ragazza sorride ancora e l'arco delle labbra le si confonde coi boccoli che le adombrano il viso. O è la consapevolezza e io un'esteta fuori posto. Mi perdoni ma deve venire suo padre, se ha un contratto a tempo indeterminato, o sua madre, o comunque qualcuno che lo abbia altrimenti non posso farle nessuna rateizzazione. Sbigottisco, la mia busta paga non presta fede alla sua definizione. Mi scusi ma io sono una persona laureata con un contratto che scade tra due anni perché non potete fidarvi di me, Non è una questione di fiducia, è il regolamento, E chi lo ha scritto il regolamento, Non è una questione personale, deve solo chiamare uno dei suoi genitori, E se fossi orfana, Dovrebbe pagare in contanti. Mi alzo di scatto, sono spiritata, guardo oltre i ricci, vedo gente che gira intorno a elettrodomestici inquietanti. Proposte di rateizzazione in ogni dove e un universo di contratti a tempo determinato o a progetto. Io non ho un contratto per rateizzare e, mi viene da ridere irriducibilmente come Pilar Tenera, nemmeno una pensione. Se il lavoro è flessibile ma il mercato è spietato, le politiche sociali a cosa servono oltre a rappresentare una permutazione vuota di sedici caratteri?

AFFIDABILITÀ CREDITIZIA

Capacità di un soggetto di ottenere credito dal sistema finanziario; essa è determinata sulla base della capacità di reddito, del livello di indebitamento in essere e della capacità dimostrata in passato di onorare le promesse di pagamento.

(www.24oreprestiti.ilsole24ore.com/glossario/)

RISCHIO DI CREDITO

Rischio che un debitore non mantenga la promessa di pagamento e diventi insolvente nei confronti dell'ente finanziatore.

(www.24oreprestiti.ilsole24ore.com/glossario/)

Le definizioni sono attuali e il futuro potenziale.
Vecchi dilemmi aristotelici. Nuove Schiavitù.

A certe cose ci pensi tardi

di Pietro Grossi

Ho scritto questo racconto nel settembre 2001. Vivevo a New York all'epoca, e mi scrivevo spesso con Enzo, per raccontarci un po' com'era la vita dopo le Torri. Per qualche motivo questo racconto gli piacque parecchio, e mi chiese di poterlo pubblicare su «Nuovi Argomenti». Non ricordo perché all'epoca non accadde.

Il fatto è che anche a me questo racconto non è mai dispiaciuto, ma non avevo mai del tutto capito perché. Poi qualche tempo fa mi sono ritrovato di notte in una clinica di Roma, davanti a Enzo che stava per morire, e mi è parso che questo racconto, con cinque anni di anticipo, fosse stato scritto per quel momento.

Non so, mi sa che anche a me quel bullone non si è più svitato.

Partivano davanti alla chiesa. Facevano la curva a gomito davanti a casa e giù per la discesa ripida fino al garage, dove diventava davvero veloce. Poi appena a destra, fino davanti alla canonica.

Usavano un carrello americano rosso di metallo. Si chiamava *wagon*, in inglese. Lui però l'aveva dipinto di grigio scuro e con il nastro adesivo, insieme a suo cugino, ci aveva scritto *Lampo* sui lati. Così che dopo averlo dipinto avevano levato il nastro e le scritte erano rimaste rosse. Il carrello aveva una spanna di ruote e i cerchi bianchi, dei tappi arancio sui bulloni. Aveva un lungo manico nero con una maniglia in cima per tirarlo, che giravano all'indietro e usavano come manubrio.

Era bello quando veniva giù anche suo cugino e facevano a gara. Suo cugino il carrello non l'aveva mai dipinto, era ancora rossastro e un po' rugginoso, ma di solito vinceva lo stesso. Era ancora più bello quando erano in quattro e andavano due per carrello: c'era il senso di squadra, e i carrelli, col peso, andavano più forte. Ma quel giorno non c'era nessuno, e andava su e giù da solo.

A quel manico nero piaceva svitarsi, di tanto in tanto. Una volta si era svitato proprio davanti a casa ed erano andati a finire dritto sugli scalini e contro il muro, lui e sua sorella. La mamma era uscita di corsa strillando, e mentre gli metteva il disinfettante sulle sbucciature gli diceva che quel coso glielo avrebbe buttato via se non la facevano finita. Le corse furono bandite per una settimana, poi ripresero e nessuno ci fece caso.

Smontò dal carrello appena prima di partire. Il manico aveva troppo gioco e aveva visto la vite lenta. Prese a riavvitare il bullone con la sua mano ancora paffuta di bambino, di quelle che quando le stendi si formano i buchi sulle nocche. Fece per rientrare nella villa e prendere una chiave inglese dalla cassetta del babbo e stringere il bullone, ma non ne poteva più di riavvitarlo ogni poco.

Suo babbo gli aveva detto che forse Gigi glielo poteva saldare, così che non si svitava più. Non sapeva cosa volesse dire saldare, ma girò il manico all'insù, montò sul carrello e si gettò giù per la discesa, fino davanti alla canonica. Smontò e prese a camminare tirandosi dietro Lampo. Bussò alla porta verde chiaro un po' scrostata della casa di Gigi. Veniva via l'intonaco dai muri gialli e a lui piaceva prenderli a calci e vedere i calcinacci cadere per terra. Aprì la Dina, gli diede un pizzicotto sulla guancia e gli chiese se voleva un po' di pane e olio. Lui disse no grazie. La Dina era grassa ma aveva un viso carino e portava dei vestiti dritti colorati e sempre la stessa cintura fine in vita, che sembrava il ferro di una botte. Lui gli disse che cercava Gigi, che aveva bisogno di un favore. Lei gli disse che Gigi stava lavorando giù al garage dei trattori. Lui le disse grazie e riprese a camminare, lei dopo qualche secondo disse che nel pomeriggio gli portava le tagliatelle e il sugo come piacevano a lui. Lui si voltò e sorrise, disse grazie e proseguì per la sua strada.

Per andare al garage dei trattori doveva passare dalla strada comunale e risalire tra i pini. Gli faceva un po' fatica ma voleva rimettere a posto una volta per tutte quel dannato carrello. Camminava con la testa bassa e intorno il rumore secco del metallo sui ciottoli. Ogni tanto lo tirava un po' più avanti e sentiva per un secondo il rumore farsi più forte. Per la strada c'erano parecchie pigne e si sentivano le cicale cantare dappertutto. Non si sarebbe mai abituato a quel silenzio pieno di cicale e quella solitudine e quell'oro dei campi tra gli alberi. E meno di tutto al fatto che un giorno sarebbero stati suoi.

Gigi stava piegato su un aratro, con la tuta blu da meccanico e un cappellino da ciclista in testa, con la visierina di plastica alzata. Alzò il capo verso il rumore del carrello e si tirò dritto, si passò un braccio sulla fronte, l'altro appoggiato al fianco con una pinza in mano.

«Uelà, ometto» disse. «Come ti passa?»

«Fa caldo» disse lui.

Gigi guardò il sole e la sua manica bagnata di sudore.

«Sì,» disse «fa caldo.»

Lui mollò il manico del carrello per terra, proseguì fino accanto a Gigi e si sporse in avanti sull'aratro, in punta di piedi.

«Che fai?» chiese.

Gigi si sporse anche lui un po' avanti e guardò dove stava lavorando.

«'Sta vecchia carcassa s'è piegata. Ieri arando ha preso una roccia e s'è piegato il braccio del vomere.»

«Come l'anno scorso.»

«Bravo, come l'anno scorso. Questa maledetta terra è piena di sassi.»

L'estate prima erano stati insieme un giorno intero ad arare un campo, e Gigi l'aveva fatto anche guidare. Verso la fine della giornata avevano sentito un rumore sordo malsano. Gigi aveva fermato subito tutto e alzato il vomere. Poi aveva iniziato a bestemmiare. Aveva portato il trattore fuori dalle zolle ed era sceso a guardare l'aratro. Ancora se lo ricordava Gigi in mezzo al campo arato a metà che girava intorno alle pale e bestemmiava. Non aveva mai sentito tante bestemmie in vita sua, e la sera aveva deciso di non dirlo a nessuno.

«Bello sculo» disse lui.

Gigi si fece una risata e gli passò una mano indietro sui capelli corti.

«Sto cercando di svitare le pale per provare a metterlo nella pressa e raddrizzarlo.»

«Bisogno di una mano?»

«Per ora no.»

Lui prese a calci un sasso.

«Senti Gigi, non è che mi faresti un favore, vero?»

«Anche due.»

«Il manico del carrello mi si continua a svitare e il babbo mi ha detto che magari te me lo puoi saldare.»

Gigi spinse la chiave inglese e gli scappò di scatto scampanando per terra.

«Porcamadonna» disse. Poi si voltò e chiese scusa. Lui gli disse non c'è problema.

Gigi appoggiò una mano sul ginocchio e guardò il carrello che se ne stava da solo in mezzo allo spiazzo, col manico lasciato cadere davanti.

«Vediamo un po'» disse, e prese a camminare verso il carrello. Ci si accucciò davanti e guardò l'attacco del manico.

«È qui che si svita?»

C'era una grossa vite che faceva da perno con un bullone in fondo. Si accucciò anche lui.

«Sì, è lì» disse.

Gigi dondolava leggermente la testa con gli occhi fissi sulla vite. Girò il carrello su un fianco, col bullone in alto, e ci mise le mani sopra. Svitò e riavvitò il bullone di mezzo giro.

«Questo non si può mica saldare» disse.

Lui lo guardò preoccupato.

«E allora?»

«E allora si vede che si può fare.»

Gigi si alzò con il manico in mano, girò di nuovo il carrello e si avviò verso l'entrata del garage.

«La Dina ha preparato le tagliatelle» disse Gigi.

«Me l'ha detto» disse lui.

Il garage era un enorme capannone con attrezzi e almeno cinque o sei trattori. A lui piaceva andare a giocare lì dentro. Gli piaceva salire con le sue scarpe da montagna sui trattori a cingoli e tirare le leve e fare finta di guidare. Più di tutto però gli piaceva guidarli davvero, ma capitava di rado. In fondo al garage c'era una vecchia centoventotto tutta rotta e polverosa che, dicevano, era stata di un suo zio morto.

Gigi andò a rovistare in un paio di piccoli cassettini e se ne tornò con un altro bullone e una rondella strana dentata in mano.

«Ascolta, saldare non si può saldare, ma ti ci metto un altro bullone e questa rondella, che così speriamo non si svita più.»

Lui fece su e giù con la testa. Gli piaceva guardare Gigi lavorare. Gli piacevano quelle sue mani nodose e sporche, quell'indice mozzo della mano destra, tutto gonfio in cima, che sembrava raccontare storie da solo. Pare che almeno due volte lo avessero morso le vipere nelle mani, ma non era successo nulla. I denti non avevano passato i calli, diceva.

Gli piaceva vedere come quelle mani sapessero sempre cosa fare e come si intonavano bene con la terra e la campagna che aveva intorno. Le sue invece lì non funzionavano, lo avrebbe sempre pensato. Era per quello che amava tenerle sudice e non vedeva mai l'ora di farsi un taglio. Gli sembravano più belle con un cerotto o una sbucciatura.

Gigi diede l'ultima stretta al bullone e si alzò con il manico in mano.

«Così dovrebbe tenere» disse. «Se si risvita riportamelo.»

Lui lo ringraziò e gli diede una pacca dietro la schiena con la sua mano paffuta di bambino, poi si riavviò verso casa. Poco prima di essere sulla strada si voltò e vide Gigi di nuovo chino sull'aratro.

Il vero nome di Gigi era Domenico. Solo anni dopo pensò che era buffo, quando ormai quel silenzio e quella solitudine e quell'oro dei campi erano suoi, e il carrello prendeva da tempo la ruggine.

Ma quel manico non si era più svitato. Ci pensò solo anni dopo, in ospedale, la pelle indurita, davanti a Gigi che stava per morire.

Era buffo, non ci aveva mai pensato.

L'Uomo dell'Acqua

di Leonardo Colombati

Salimbene da Parma racconta che Federico II volle sperimentare quale lingua e idioma usassero i bambini, arrivando all'adolescenza, senza aver mai potuto parlare con nessuno. E perciò diede ordine alle balie e alle nutrici di dar latte agli infanti e con la proibizione di parlargli. Voleva infatti conoscere se parlassero la lingua ebrea, che fu la prima, oppure la greca o la latina, o l'arabica; o se non parlassero sempre la lingua dei propri genitori, da cui erano nati. Ma s'affaticò senza risultato, perché i bambini morivano tutti.

Terzo giorno in Nigeria. La piscina dell'Ikoyi Hotel coi cadaveri degli insetti che galleggiano a pelo d'acqua riflette il cielo solcato da fuochi d'oro. Dalla finestra della mia camera, quassù al dodicesimo piano, seguo il serpente d'asfalto che da Lagos Island arriva fino a Yaba attraversando la laguna e le lamiere arrugginite degli slums che cuociono sotto il sole. Dalle baracche di cartone migliaia di comignoli affumicano l'aria; un formicaio di pescatori in canoa brulica sulla superficie di un'acqua scura e viscida come il petrolio. Alcuni tronchi d'albero che dovrebbero arrivare fino alle segherie si ammassano contro i piloni del ponte, e i topi ci ballano sopra: dalle loro vibrisse cadono gocce d'olio nero (quando li ho visti dal moto-taxi ho pensato subito ai Mouseketeers che a Disneyland nel '55 danzavano coi loro copricapo con le orecchie tonde). Dietro le segherie, il fronte del porto, con quello che resta dei vecchi mercati; e ancora più distante, la sagoma sgranata dell'ospedale militare.

Lunedì sono arrivato in albergo direttamente dall'aeroporto e ho chiesto una bottiglia di vodka e una puttana. Poi sono sceso al ristorante cinese e ho passeggiato per una mezz'ora tra le slot machine del casinò, senza spendere un dollaro. La morte dei sensi mi è ormai familiare, come un cuscino appiattito dall'uso.

Stamattina, gli ingegneri della Salt Lake Inc. mi hanno portato a Ebute-Metta, dall'altra parte del ponte. È lì che dovrà passare l'acquedotto. L'ingegnere somalo, in auto, mi ha detto: «Non si spaventi». Mentre attraversavamo il Third Mainland Bridge guardavo le baracche provando a indovinare quale fosse quella della mia piccola puttana.

La mia camera d'albergo costa 285 dollari.

Il cielo era ancora di quell'incredibile grigio. L'auto si è fermata in cima a una massicciata, a pochi passi dalla laguna. Centinaia di persone facevano la fila davanti a due pozzi profondi una trentina di metri e per cinque cent riempivano le loro taniche di acqua contaminata. L'altro ingegnere – bianco, sudafricano – voleva sapere dove fossi nato. Ho fatto finta di non capire e ho lasciato che il mio collega americano gli chiedesse se lo spettacolo che avevamo di fronte fosse normale: due uomini stavano cagando per terra, a due passi da noi. «Solo quattro abitanti su mille hanno il cesso in questa città» gli ha risposto. Poi io gli ho offerto un tiro: «Marijuana. Qui la chiamano India Hemp».

Il delta del Niger, in lontananza, era costellato da abbaglianti fiammate alte trenta metri. Da quando nel 1957 fu trovato il primo giacimento, ogni giorno qui si estraggono due milioni e mezzo di barili di petrolio. I pennacchi di fuoco sono così imponenti che si possono distinguere dalle riprese satellitari. Ma i grandi occhi orbitanti non possono vedere le tossine inquinanti come il benzene, che provoca bronchiti, asma, tumori.

Sulla via del ritorno, mi sono seduto accanto all'autista. Si chiama Omojoro e ha cinquantadue anni. Sulle guance porta le cicatrici tribali. Mi ha raccontato di essere arrivato a Lagos quando era ancora un bambino. Ci siamo guardati negli occhi per un istante brevissimo, mentre l'auto era ferma per far passare un convoglio diretto ai mulini. Le sue pupille scattavano come stelle dal vuoto delle orbite.

La colpa è più forte di me e sconfigge la mia volontà.

È scesa la notte – un'altra volta – su questa merda. E io sono solo.

Adesso ricordo.

Sono seduto sulla moquette, davanti al televisore, sebbene sia ancora presto per collegarsi con l'ultima Shangri-La americana; o – come ha detto il suo fondatore – il posto più felice della Terra. Ho dieci anni, dei nuovi bermuda color cachi, bevo succo d'arancia e odio mio padre. È il 17 luglio 1955 ed io non sono ad Anaheim, California, così come mi era stato promesso, ma nell'attico di una casa di mattoni all'angolo tra Lexington e la 54ma.

Il passato è qualcosa d'inverosimile. Tutti gli avvenimenti che nella memoria producono ancora sorpresa, spavento, disordine, appartengono al tempo presente.

Mia madre si accovaccia alle mie spalle e mi accarezza i capelli: «Ci andremo l'anno prossimo». Poi saluta allegra con la mano. Sulla porta è apparsa una donna-pesce vestita tutta d'oro. E con lei mia madre prende a chiacchierare di una soprano di molti anni addietro, una certa Adelina Patti che quando ascoltò per la prima volta la sua voce uscire da un grammofono si esaltò talmente da inviar baci alla tromba dell'apparecchio. Gridava: «*Ah, Mon Dieu! Adesso capisco perché sono Patti! Ah, sì, la voce! Che artista! Capisco tutto!*».

Quando ride, alla donna-pesce le si allargano sul viso sottilissime rughe concentriche, come se qualcuno le avesse tirato un sasso dentro lo stagno della bocca.

Poi rimaniamo soli. È l'ora di pranzo. Mio padre mastica piano e fissa qualcosa sulla parete alle mie spalle. Ogni tanto si pulisce la bocca col tovagliolo e nel compiere quel gesto fa tintinnare le posate sul piatto. È il momento – mi sembra – in cui mia madre vorrebbe urlare, urlare istericamente così come la sua infelicità e la sua posizione sociale le permetterebbero senz'altro, se solo non ci fossi io, io che conto i minuti e mi sbrigo a finire la bistecca col ketchup.

«Perché mi guardi così?» chiede mio padre a mia madre. «Che c'è?» dice, e posa di nuovo le posate sul piatto. E lei, la mamma, vorrebbe gridare, come se una folla inferocita la stesse serrando tra le sue spire; ma la voce le muore in gola. Resta immobile, col bicchiere a mezz'aria; solo sbatte le palpebre, automaticamente, per scansare (ma non può) quel velo grigio che da due anni ha davanti all'occhio sinistro.

«Tu lo sai...» bisbiglia, e nel farlo inclina un poco la testa.

L'occhio grigio della mamma si faceva vicino quando insieme aprivamo i miei libri di scuola. Le piaceva soprattutto aiutarmi a trovare i nomi sull'atlante geografico. «Oh, tesoro,» diceva «ma pensa un po': un lago che si chiama Titicaca. Esiste davvero, in qualche parte del mondo.»

Mi hanno detto che uscire dall'albergo, di notte, equivale a una condanna a morte. La Nigeria è adatta al viaggiatore ascetico o a quello irriducibilmente masochista.

Fuori dall'Ikoyi Hotel, la luna è un osso giallo appeso in fondo alla Awolowo Road. Nella sua nebulosa immobilità, l'aria è come scossa da un frullare d'ali e i colori danno l'impressione di essere dipinti. Un gruppo di negri, davanti a un fast food libanese sull'altro lato della strada, mi saluta a gran voce – probabilmente per deridermi. Uno di loro, il più alto, sputa un boccone di *falafel* e inizia a fischiarmi dietro, mentre accelero il passo.

Ripenso alla notizia che ho letto sul giornale, questa mattina: settanta persone sono morte carbonizzate nell'incendio di un'autocisterna da cui stavano rubando il carico di carburante. È successo a Gusau, nel Nord del Paese. Vorrei vederli tutti così: bruciati vivi in un unico, definitivo incendio.

Quando entro al Santa Fe Saloon, un uomo seduto da solo a un tavolo al centro della sala mi grida: «Mister!». Abbasso gli occhi, facendo finta di non aver sentito e vado a sistemarmi in un angolo. Ma quello si alza, mi raggiunge e mi chiede – in inglese – se può farmi compagnia. Accetto.

«Italiano?»

«Sì.»

«Il primo italiano che vedo qui dentro da quindici anni a questa parte» dice ridendo. E nel farlo, gli ballano le massicce borse che ha sotto gli occhietti – sospettosi, sarcastici – e il grosso pomo d'Adamo che gli conferisce un aspetto di ripugnante sensualità. Si presenta come Andrew Haynes, di Ipswich. Lavora per la Equator Exploration, una società inglese che è proprietaria della piattaforma petrolifera Bulford Dolphin. «È a quaranta miglia dalla costa, al largo del delta del Niger. Ci vado quattro volte all'anno, per i controlli. In realtà è tutto gestito dalla Peak Petroleum, che è nigeriana. E poi abbiamo già venduto tutto ai norvegesi. Non dovrò più tornare in questo posto del cazzo.»

Una cameriera ci porta una piccola lavagna su cui è scritto il menù. A dispetto del nome, al Santa Fe Saloon servono solo specialità italiane. Ordiniamo entrambi una pizza mentre gli racconto del mio lavoro con la Salt Lake. Ma Haynes non sembra troppo interessato e m'interrompe subito: «Hai saputo?» dice. «La polizia ha ucciso tre tifosi durante una partita tra l'Enyimba e l'Akwa United, due squadre della prima divisione nigeriana. Pare che quelli dell'Enyimba abbiano aggredito l'arbitro dopo un rigore molto contestato...»

«Non sono un appassionato di calcio» gli dico.

«E che razza di italiano sei?»

«È più di quarant'anni che vivo negli Stati Uniti.»

Possiamo decidere come vivere la nostra vita. Ma Dio attribuisce a pochi la virtù del coraggio. Ma vi sono, curiosamente vi sono ragioni più impellenti della paura. Ma, per quanto sia indomabile uno spirito, rimane – interna, impalpabile – un'ombra che realizza il rimorso soltanto.

Per il mio decimo compleanno, il regalo fu l'America. Mio padre era ambasciatore italiano alle Nazioni Unite, e trascorreva quasi tutto l'anno laggiù. Non avevo mai visto la sua casa newyorkese. Erano tempi in cui si viaggiava ancora a bordo di aerei dalla fusoliera color metallo: da noi in Italia era appena nata la televisione e le coppie non divorziavano; mia madre – che a Milano chiamavano malignamente la Vedova in Banca – andava alle feste con le sorelle Giussani. Due volte all'anno volava da mio padre. Alla vigilia era sempre euforica e girava per casa cantando le arie che aveva ascoltato alla Scala. Io restavo con le tate, e quando mia madre tornava dovevo far finta di non vedere che aveva i nervi a pezzi; la tata Emilia me lo diceva sempre: «Non deve sapere che tu hai capito. Le spezzeresti il cuore».

Arrivammo a New York il mattino del 16 luglio del 1955. Durante il volo mio padre aveva risposto con pazienza a tutte le mie domande sull'America. Ero convinto che da qualche parte, sulla costa orientale, ci fosse Metropolis, e chiesi a mio padre quanto distasse da New York. «Un paio d'ore di treno» rispose.

«E Disneyland, dov'è?»

«Dalle parti di Los Angeles.»

«Allora dovremo prendere un altro aereo... Ma è vero che c'è il castello della Bella Addormentata?»

Nel centro di Shangri-La, già punta dall'arcolaio, la bella Aurora mi stava aspettando...

Il sonno è più democratico della veglia. Tutti sognano una donna che è quasi sempre la stessa donna. Anch'io, nelle ultime ventimila notti, ho sognato quella donna: mia madre. Quando non parlo, lei mi dice: «D'accordo, sta' pure zitto, Signorino Taciturno». Passano gli anni della mia infanzia, ma lei è sempre impacciata come una principiante, e in realtà soffre nel sentirmi bisbigliare, dopo ore di silenzio trattenuto in mezzo ai denti, la mia vita è tragica, non lo capisci? Io odio tutti.

L'inglese si pulisce le dita sporche di sugo sul tovagliolo di carta. «La prima volta che sono venuto in Nigeria,» mi dice «c'era ancora il generale Babangida. Ebbe la bella idea di svalutare il *naira* dell'ottanta per cento, d'accordo col Fondo Monetario Internazionale, ma da quel giorno il debito del Paese è salito a venti miliardi di dollari.»

Un uomo che fa bene il suo lavoro. Ecco l'effetto che fa mister Haynes, malgrado l'*understatement* finto-cinico-razzista. E io – io che provo a spiegargli quanto svolgo bene il mio di lavoro e gli parlo dell'asilo con lo scivolo blu e le altalene che abbiamo piantato in mezzo a quella stessa polvere dalla quale vorremmo trarre l'acqua che estingua la sete del formicaio immondo (ma soprattutto la nostra: una sete enorme, incessante); e non mi vengono le parole, ma solo fulmini e luccichii dal passato, tappezzerie a fiori e fiorellini, penombra di stanze eleganti, visi semirivelati dagli specchi, scale, una finestra aperta, bestemmie e grida captate dietro una porta, la Porta che immette nel mondo oltre la Rispettabilità e il Decoro... – ecco che già sento crescere in me un sentimento nero, persuasivo, che stimola ogni nervo, e specialmente la mia parte ferita e tragicamente disonorata, inerme sotto i calzoni di tela, pronta di nuovo all'impietoso confronto con quella trionfante di un signore che si chiama Andrew Haynes, un uomo che assomiglia alla polaroid di un soldato alla partenza che sembra voglia mangiarsi vivo il fotografo.

La piccola puttana non ha riso. Perché non sa come si fa. Anche lei *fa bene il suo lavoro*. Alla sua età, se l'avessi incontrata, ne avrei avuto paura. Ma adesso, a sessantadue anni, posso finalmente odiarla, così come odio Andrew Haynes, l'Uomo del Petrolio che dorme sonni tranquilli, la notte (ci scommetto), perché ama la vita. E adesso chiede all'Uomo dell'Acqua come mai in Nigeria novanta milioni di persone non possono compiere il semplice gesto di aprire un rubinetto.

«Be', tutti sanno che la colpa è anche vostra» gli dico.

E lui che fa? Sorride, mostrandomi i suoi denti d'ostrica; e scuote la testa. «I nostri controlli sull'ambiente sono rigorosi» dice. «Quando estraiamo il greggio ci preoccupiamo che l'acqua non venga contaminata o inquinata.»

«Va' a vedere a Warri o a Umuechem» gli rispondo. «Prova a chiedere un bicchiere d'acqua a un contadino di Okukolo. Non credo che avresti il fegato per berlo. D'altronde, mi hanno raccontato che gli uomini della Chevron Texaco e della Shell si sono coperti le spalle di fatto nominando un loro uomo a vicedirettore degli affari pubblici del ministero delle risorse petrolifere... Quando mi hanno portato fino al delta del Niger ho visto coi miei occhi fiamme gigantesche che facevano risplendere la foresta. L'aria era avvelenata dai vapori di idrocarburi, metano, monossido di carbonio, biossido di carbonio e fuliggine emessi dal gas che viene bruciato ventiquattro ore al giorno da più di trent'anni. Quando su Ebubu cade la pioggia acida i bambini si ammalano. Iniziano a grattarsi a sangue le chiazze di eczema che prudono. Poi le piaghe s'infettano, e i bambini muoiono.»

L'Uomo del Petrolio sbadiglia. La cameriera gli porta un'altra birra.

«A proposito,» mi fa l'Uomo del Petrolio mentre si versa da bere «com'è andata l'altra sera con la piccola *ogoni*?[1] L'ho vista salire in camera tua, all'Ikoyi. Il portiere mi ha detto che ha dodici anni.»

Dopo pranzo mio padre accende il televisore e lo sintonizza sulla Abc per assistere in diretta all'inaugurazione di Disneyland assieme a settanta milioni di americani. Malgrado tutto, non riesco a non vedere. Me ne sto rannicchiato su una poltrona di pelle e sorrido – persino – a mio padre quando mi dice: «Ti prometto che ci andremo, l'anno prossimo».

[1] Gli *ogoni* sono un'etnia africana che abita la regione del delta del Niger, compresa nello Stato nigeriano del Rivers.

Ieri mia madre mi ha detto: «Mi spiace, tesoro, ma papà ha una riunione urgente e io non mi sento troppo bene».

«Ma era il mio regalo...»

«Lo so, amore. Ma non è possibile.»

Nel bozzolo della felicità dell'infanzia – una felicità crudele, borghese, che combatto tenacemente inventandomi quella misteriosa sconfinata tristezza che avrei rimpianto, più avanti, per tutta la vita – so che tutto quello che facciamo richiede soldi. Avendone molti, non c'è nulla che non si possa fare. Ora ho gli occhi socchiusi per non far scivolare le lacrime, e ci sto pensando su, sto decidendo adesso che c'è qualcosa, qualcosa di indefinito e sconosciuto, che in questo mondo conta più del denaro, più della promessa fatta da una madre e da un padre a un bambino. Il bacio rosa della mamma mi raggiunge in un angolo della bocca mentre sono completamente cieco, e ciecamente attento. «Sei il mio tesorino, il mio tesorino bello» sussurra con l'alito che sa del vino del giorno prima. «Ma sei un ometto, ormai, e certe cose so che le capisci.» E invece ecco la rivelazione: sono come un neonato. Datemi cibo, calore, e le api musicali che svolazzano sulla culla. Ma non datemi amore. Perché non so che farmene.

In ventimila si accalcano ai cancelli nei quaranta gradi di Anaheim. La telecamera plana sulla guglia del castello della Bella Addormentata, poi stacca sui Mouseketeers che ballano sulle note della *Skeleton Dance*. Ecco i presentatori: stanno giocando a campana. Uno di loro è Ronald Reagan. E ora una carrellata sulle aree tematiche del parco: Adventureland, Frontierland, Fantasyland e Tomorrowland. Tutta la mitologia di cieli blu, elefanti volanti, orsi canterini, *happy endings* e valori morali scivola giù come un gelato al pistacchio.

Mia madre non c'è. È *di là*, come dice mio padre quando

capisce che la sto cercando. Non so ancora che non la vedrò mai più. E non lo sa nemmeno lui.

Ronald Reagan sta intervistando Pippo.

Tornato in albergo faccio una telefonata.

«Cosa vuoi?» mi dice l'uomo del Mend.[2]

«Ho la persona che fa per voi. Un inglese.»

«È della Shell?»

«No, lavora sulla Bulford Dolphin.»

«Dove sta?»

«Alloggia qui, credo.»

«Okay. Allora ci vediamo domani alle undici al Tastee Free Chicken sulla Broad Street.»

«Porta i soldi.»

Quando trovarono mia madre riversa sul marciapiedi, nove piani più in basso, non avevo ancora riflettuto sul fatto che è Walt Disney il peggior nemico dell'armonia famigliare. Nel suo mondo non esistono i genitori: Qui, Quo e Qua vengono cresciuti da uno zio, Mowgli da un orso e da una pantera, Pinocchio da Geppetto, dei sette nani si prende cura Biancaneve e la mamma di Bambi viene fatta fuori subito.

Faccio aderire il mio corpo a quello della mia piccola puttana. Lei brucia, lì sotto: liscia, fantasticamente liscia, oliata,

[2] Il Mend (Movement for the Emancipation of the Niger Delta) è un movimento nigeriano che combatte contro l'oppressione ai danni delle popolazioni del delta del Niger e il degrado ambientale causato dalle multinazionali del petrolio. Oltre ad azioni di tipo politico, il Mend recentemente ha compiuto diversi atti terroristici come il sabotaggio di oleodotti e il rapimento di ingegneri petroliferi stranieri.

tutta in movimento. Da qualche parte nel calendario astrale, questa bambina sopravanzerà mia madre – se l'Aids e la malnutrizione glielo consentiranno – e un bel giorno, in *quel* punto della costellazione del tempo, sarà finalmente più vecchia di lei.

Questa mattina l'ho spiata al Balogun Market. Intingeva un panno lercio in una lattina colma d'acqua e per sette centesimi lavava i piedi alle donne del mercato.

Reportage inattendibile sui luoghi bellowiani

di Alessandro Piperno

NY 6 marzo 2004, ore 14.30

Che delizia – dopo che il vento di Manhattan ha provato a scalfirti i connotati – trovare rifugio alla *Carnagie Deli*, uno dei quei locali sulla Settima Avenue equidistanti tra Times Square e Central Park, che si contendono il primato della miglior *Cheese Cake* di New York!

Addentrandomi in questa Deli le cui pareti sono consacrate al divismo di mille autografate fotografie di celebrità americane, mi lascio elettrizzare dalla scortesia dei camerieri pakistani che, senza neppure salutarmi, mi hanno messo sotto gli occhiali un menù plastificato e una ciotola piena di turgidi panciuti cetrioli giallo-verdi.

Eppoi il miracolo. Che immobilizza a pochi centimetri dalla bocca il rabelaisiano sandwich al pastrami appena servitomi con l'usuale scorbutichezza.

Alla cassa del bistrot, con aria accigliata, mentre conta una bella mazzetta di dollari, c'è niente meno che Saul Bellow. Possibile? Non ho dubbi. È lui. Buon Dio, il feticismo letterario ha pure uno scopo! Ecco, la mia Bellow-mania – che nel tempo mi ha portato a scaricare da internet centinaia di foto di quel ciclope della letteratura mondiale con annesso il catalogo di mogli, figli, fratelli, amici, editori, agenti, affini... – mi assicura che non sto sbagliando: il signore alla cassa non è altri che lo scrittore da me per anni inseguito con la dedizione d'una teen-ager idolatra o d'un cavaliere medievale.

Come potrei sbagliarmi?

Ma non è questo il miracolo. Nient'affatto. Sì, insomma, il miracolo non è che un premio Nobels per la letteratura ultraottantenne abbia rilevato una Deli sulla Settima, e che ora la gestisca con successo. La cosa realmente sconvolgente è che questo Saul Bellow non dimostri più di cinquant'anni. Non si tratta di un Bellow a me contemporaneo, ma d'un Bellow degli anni Sessanta. Mica il Bellow di questi tempi, che se la passa male, poveretto, ma un Bellow all'apice del suo splendore: capelli ondulati, labbra carnose, occhi voluttuosi alla Gary Cooper: colui che veniva dal trionfo di *Herzog*, quel libro che tutti acquistavano e nessuno leggeva: l'adone ricco, elegante, celebrato, spiritoso, crudele, irresistibile che oggi non dovrebbe più esistere.

Mi avvicino. Lo guardo meglio, senza farmene accorgere, tentando di dissimulare il turbamento e di ricacciare nel fondo di me stesso qualsiasi mossa compromettente.

Finché, come purtroppo troppo spesso avviene, vengo trafitto dal dio minore della razionalità che mi sussurra una verità così banale (che fa rima con "brutale"!) che mi viene da piangere: costui è un sosia, un impostore. Sì, alla cassa non c'è mica Bellow, ma una delle sue tante parodie disseminate sul territorio americano: un perturbante apocrifo in carne e ossa. È come trovarsi di fronte a un falso Picasso dopo averlo acquistato.

Costui non è altri che il signore del pastrami. Ecco tutto. Uno che con questa Deli deve aver fatto un mucchio di quattrini. Uno che si riconosce totalmente nella cubitale scritta che lo sovrasta come un'aureola nella parete dietro alla cassa: "In God we trust, the others pay cash!". "Noi crediamo in Dio, tutti gli altri pagano in contanti!" Sì, questo posto non accetta carte di credito. Solo verdi, fruscianti, odorose banconote come in un libro di Mark Twain!

Lui, forse, anzi certamente, è nato in America. Ma sento che suo padre è giunto qui, dopo aver traversato l'Europa. Sento l'eco malinconica di violini, le urla di cosacchi ubriachi, il miasma abbrustolito dei pogrom. Sento la Russia zarista scorrere nelle sue vene.

Il signore del pastrami è uno dei tanti confratelli di Bellow di origine russa che l'America ha avuto la bontà di accogliere e di nutrire doviziosamente.

Dicevo, la Russia.

La letteratura americana, nel dopoguerra almeno, è stata influenzata in modo determinante da due scrittori di origine russa che avevano il vezzo di detestarsi vicendevolmente. Mentre l'America di Eisenhower e di McCarthy processava un mucchio di intellettuali accusandoli di simpatie sovietiche, due scrittori come Vladimir Nabokov e Saul Bellow imprimevano una svolta decisiva alla letteratura nordamericana di cui a tutt'oggi è impossibile valutare gli effetti: non c'è libro partorito da giovane scrittore contemporaneo che non paghi pegno a quei due giganti e alla loro madre patria: la Russia.

Lo stesso Bellow ne *Il dono di Humboldt* ricorda la New York degli anni Trenta come una specie di succursale di Mosca: «A quell'epoca New York era molto russa, la Russia era in gran voga. Si dava il caso – per dirla con Lionel Abel – di una città che agognava d'appartenere a un altro Paese. New York sognava di abbandonare il Nord America e fondersi con la Russia Sovietica».

Eppure, come dicevo, i due (Bellow e Nabokov) si detestavano senza alcuna cordialità. In un modo franco, che non lascia spazio ad equivoci, Nabokov scriveva a un editore: «Saul Bellow, penosa mediocrità, non sarebbe mai dovuto apparire su una copertina che parla di me». E certo Bellow non andava per il sottile quando, alludendo a *Lolita*, armato della sua proverbiale ironia schiacciasassi, scriveva: «Mettiamo pure che non sia una cosa troppo orribile che uomini di mezza età copulino con le bambine, ma bisogna proprio che ne facciano filosofia? Io sarei capace di scrivere un libro migliore dal punto di vista di Lolita».

Il dato affascinante di questi giudizi è l'ottusità e la meschinità che li ispira. È il fatto che siano stati espressi da due sommi scrittori endemicamente non attrezzati a comprendersi, incapaci di specchiarsi l'uno nella grazia dell'altro.

Vorrei notare, anzitutto, come ricorrano, nella storia della letteratura, antipatie e incomprensioni tra scrittori sommi (il caso Joyce-Proust è emblematico), eppoi vorrei spiegare come sia insito nella natura d'un eminente scrittore, completamente immerso nel proprio universo, il difetto di non poter capire e amare altro che se stesso. Sì, insomma è come se l'universo d'un eminente scrittore si presentasse come un'aggressiva convessità refrattaria a piegarsi alla spavalderia d'una convessità diversa se non addirittura contraria. E, in effetti, si stenta a immaginare due universi più inconciliabili di quelli di Nabokov e Bellow.

O chissà che non funzioni una tesi biecamente classista? Chissà che non si possa dire che siano le differenze sociali – che non avrebbero consentito ai nobili avi di Nabokov di frequentare o perfino di stringere la mano agli antenati ebrei di Bellow nella Russia zarista – a spiegare semplicemente tutto? In fondo (e non solo in letteratura) le diversità di classe sociale sono sempre un'ottima spiegazione.

Che distanza tra l'aristocratico snob, stilista nevrotico, con la sua infanzia fiabesca, l'inglese impeccabilmente ingessato e le geometrie sintattiche, e quel campione di ironie ebraiche, attratto dalle donne, dai gangster, dalle idee profonde e dai massimi sistemi: dalla vita insomma nel suo svolgimento (lo stile di Nabokov, invece, ha il potere flaubertiano di irrigidire la realtà fino a cristallizzarla).

Nabokov non fa che prendere le distanze da qualsiasi tentativo letterario di cosmologia. A un certo punto, nel mirabile libro dedicato a Gogol', nota con divertimento come la differenza tra "comico" e "cosmico" si esaurisca in una sibilante. E l'ironia è più che evidente.

Il fatto è che quelle due dimensioni (il cosmico e il comico) convivono fraternamente nella prosa di Bellow: lui si tuffa nel mondo con curiosità balzacchiana, non si tira mai indietro quando si tratta di interpretarla attraverso le grandi linee del pensiero moderno addolcendolo con lo strato di miele della comicità. Bellow è attratto dalla volgarità delle idee generali, Nabokov ne ha orrore. Bellow non ha alcuna vergogna di prendere di petto le tragedie che hanno coinvolto il popolo ebraico nel Ventesimo Secolo e per farlo non ha paura di ricorrere a tutti i registri, anche quelli più apparentemente magniloquenti, perfino i più lacrimevoli. Nabokov della grande tragedia della sua famiglia non parla mai, se non in modo raffinatamente implicito. Bellow è un sentimentale platonico, Nabokov un aristotelico crudele.

Eppure resta il fatto che, pur detestandosi, abbiano cambiato il volto della letteratura americana, e che lo abbiano fatto attingendo e interpretando la propria matrice europea in una chiave completamente nuova.

E come spesso avviene in letteratura, il cambiamento si realizza attraverso l'apparizione miracolosa di personaggi che, dopo aver guadagnato la ribalta con più o meno difficoltà, penetrano le nostre menti al punto che stentiamo a credere che ci sia stato un tempo infelice in cui essi non esistevano ancora. Eh sì, c'è qualcosa di messianico nell'avvento di un grande personaggio nella grande piazza della coscienza collettiva.

E allora ecco Humbert e Herzog che sgomitano per guadagnare la ribalta che meritano. È elettrizzante pensarli contemporanei. Mentre il primo è lì a patire per la sua Dolores Haze alias Lolita, l'altro è ancora sposato con la tumultuosa Madeleine ignaro dei tradimenti di costei con il suo migliore amico, il bislacco cialtrone di nome Gersbach. Per quanto possa apparire strano, Humbert e Herzog vivono e soffrono nella stessa America, nel medesimo giro di anni. Talvolta si trovano anche l'uno a pochi chilometri dall'altro. Anche se possiamo ipotizzare che se si incontrassero avrebbero poco da dirsi, e anzi proverebbero una reciproca ripugnanza. È plausibile che Humbert rimarrebbe disturbato da quel modo un po' sciatto di vivere di Herzog, dalla sua esibita svagatezza, così come quest'ultimo resterebbe infastidito dall'eloquio ampolloso di Humbert e dalle sue perversità sessuali (ricordo che Herzog è padre d'una bimba piccola e che ha un forte senso della paternità).

Assai più utile rilevare le palesi affinità tra Humbert e Herzog, quelle inequivocabili, intendo: anzitutto notando come si tratti di intellettuali dalla forte impronta europea, e allo stesso tempo di due disadattati (anche se per ragioni diverse) che guardano al grande paese in cui vivono con un misto di curiosità, incredulità e paura.

Si narra che quando a metà degli anni Trenta buona parte dell'Intellighenzia europea si trasferì a Hollywood, non fosse così difficile trovare a un garden-party in casa Gershwin, ai bordi della piscina, una fauna di individui con il cappotto inforcato. Quegli abiti ridicolmente incongrui rispetto al clima testimoniavano la difficoltà di quegli uomini di adattarsi a un mondo così diverso da quello in cui erano cresciuti.

Ebbene diciamo che Humbert e Herzog, in modo meno spettacolare forse, sembrano due stranieri che non riescono a smettere il cappotto neppure nel pieno d'un'estate californiana. Come se entrambi fossero una nuova versione di Don Chisciotte, più consapevoli di quest'ultimo della propria follia ma non per questo meno donchisciotteschi (Penso all'incipit di *Herzog*: «Se sono matto, per me va benissimo»).

Follia appunto, che si presenta sotto le spoglie fascinose e un po' ridicole d'una letterarietà integrale.

Sia Humbert sia Herzog non fanno che offrire una peculiare versione della follia universale tramite la propria specifica pedanteria letteraria: il primo trasfigurando – come solo un serial killer ben avviato saprebbe fare – una bimbetta volgare in una ninfa dell'antichità promessa di piaceri paradisiaci, il secondo inviando lettere improbabilmente colte a uomini e donne della sua vita, a colleghi cattedratici, a politici influenti, ma anche a grandi personaggi storici ormai deceduti.

Forse apparirà un po' troppo semplicistico, ma sembra proprio che la follia di entrambi funzioni da schermo. È come se essi mettessero questo opaco diaframma tra la propria coscienza e il mondo americano. E per la solita ragione: per non soffrire troppo.

Naturalmente in tale contesto, trovandomi ancora faccia a faccia con l'uomo del pastrami, sono costretto ad abbandonare Humbert per dedicarmi totalmente a Herzog. Lui, Moses Herzog, almeno per il momento, è il nostro uomo.

Si può dire che sia nato pazzo?

Direi di no. Moses lo è diventato in seguito a un trauma abbastanza comune. La moglie bellissima – corredata di quelle idiosincrasie nevrotiche che trasformano molte donne belle in autentici Draghi Medievali – lo ha prima tradito poi piantato per il miglior amico di Herzog: l'ampolloso Gersbach che ha non pochi debiti nei confronti di Moses. Sicché i due amanti sono andati a vivere da soli, strappando una figlia al padre legittimo più per dispetto nei confronti di Moses che per amore della piccola, e ora non fanno che litigare. In ogni modo Moses ha reagito veramente male a questo trauma: l'odio omicida per la moglie e l'ex amico gli ha messo a dura prova il senno. E ora lui, in preda a questa follia lucidissima non fa che girare l'America: dalla casa in campagna alla vecchia cara Chicago, per tornare repentinamente a New York. Non riesce a stare fermo. *Herzog* è un libro di viaggio senza meta (proprio come *Lolita* in fondo), ma non quel viaggio avventuroso glorificato dalla *beat generation*. Herzog (proprio come Humbert) è un fuggiasco. Uno strano fuggiasco, perché non inseguito da nessuno. E tuttavia un fuggiasco.

Ebbene il viaggio inutile di Moses è scandito dalle sue lettere, che sono espressione del modo malato e allo stesso tempo affascinante di ragionare, o per meglio dire, di rimuginare. Moses è uno che ha un desiderio patologico di esprimersi e di mettere il punto. E tuttavia sembra non riuscirci mai. Perché i pensieri alla fine gli sfuggono. Per lui l'atto di pensare somiglia a una caccia alla volpe, in cui la volpe è più veloce dei cani e dei cavalli. Non solo, ma proseguendo nella metafora, è come se a un certo punto le volpi si decuplicassero aprendo un ventaglio di altri sentieri impossibili da seguire. Proprio perché qualsiasi pensiero di Moses si trasforma in occasione per nuove divagazioni. Anche i suoi ragionamenti sono un viaggio senza meta. È così che il suo mondo sta lì lì per trasformarsi in un incubo diderottiano!

Il segreto dello stile di questo romanzo straordinario è tutto in uno stratagemma di Bellow: è come se lui avesse accelerato la realtà. Il mondo è eccitato e veloce come la mente di

Moses. I suoi occhi ci consegnano un universo impazzito che corre, in cui ogni impressione, anche la più sofisticata, attraversa la mente del personaggio in un modo vorticoso per subito scomparire ed essere sostituita. Ma non alla maniera joyciana. Non è il meccanismo della coscienza che interessa a Bellow. Diciamo che lui si contenta di dar conto, attraverso la sovreccitazione intellettuale di Moses, dell'assurda progressiva velocità del mondo contemporaneo. I suoi vasi sanguigni sono come ingolfati di serotonina! Moses è uno dei tanti americani viziati dalla smania di coprire distanze. E la cosa singolare è che lui non è un manager, né un agente di commercio, né un pilota di jet. Herzog è un intellettuale, e pure uno tra i più raffinati che abbia mai calcato le scene del romanzo americano. Eppure anche lui che dovrebbe trovare requie nella lentezza della concentrazione, e in una sorta di stoica rilassatezza, si lascia sedurre dall'incessante eracliteo scorrere della vita americana. Non a caso il suo genere è la lettera, non il racconto, non il romanzo, non il saggio. La lettera: fulminea, diretta, ellittica, sbrigativa, impaziente.

Per avere un saggio del mondo accelerato in cui Herzog è costretto a vivere, ecco la scena in cui fugge da New York in preda a un vero delirio per raggiungere Chicago, vedere la figlia, la moglie e il bifido Gersbach, trascinato dalla solita ansia di vendetta e di chiarimenti ulteriori:

> Il superjet lo portava a Chicago in novanta minuti, prua ad ovest, tenendo dietro alla rotazione del pianeta e regalandogli quindi un prolungamento di pomeriggio e di luce solare. Sotto di lui, le nuvole bianche si gonfiavano. E il sole, come la goccina che ci ha vaccinato contro la disintegrazione dello spazio. Guadò l'azzurro vuoto e lo scabro luccichio dei motori sorretti dalle ali. Quando l'aeroplano subì un vuoto d'aria, si tenne il labbro coi denti. Non che avesse paura di volare, ma

gli venne in mente che se il velivolo si fracassava, o semplicemente esplodeva (come era accaduto recentemente sopra il Maryland, e s'erano viste sagome umane schizzare in aria e cadere come piselli sgranati), Gersbach sarebbe diventato il tutore di June. A meno che Simkin non avesse strappato il suo testamento. *Caro Simkin, astuto Simkin, strappa quel testamento.* Ci sarebbero state anche due polizze d'assicurazione, di cui una comprata da papà Herzog per suo figlio Moshe. Solo che, vedi com'era diventato quel bambino, quel giovane Herzog: rugoso, perplesso, col cuore dolorante. Sto dicendo a me stesso la verità. Mi è testimone il cielo. L'hostess gli offrì qualcosa da bere, ma lui rifiutò scuotendo la testa. Non se la sentiva di guardare in faccia quella ragazza carina e sana.

Non è facile commentare questa scena, proprio perché essa si presenta così parossisticamente concentrata. Da notare anzitutto come Bellow usi l'espressione "novanta minuti" e non "un'ora e mezzo". È come se quell'allusione ai minuti rendesse il viaggio più breve. Eppoi per decuplicare l'effetto notiamo come ironicamente metta in gara il movimento del jet con quello del pianeta. Sì, è come se il jet su cui viaggia Herzog stesse rubando alla terra minuti importanti di pomeriggio e di luce solare. Improvvisamente quel vuoto d'aria che autorizzerebbe al terrore qualsiasi viaggiatore (anche uno come Moses che non ha paura di volare), produce un nuovo repentino slittamento di prospettiva: così Moses passa dall'idea della sua morte violenta (che in fondo non lo eccita troppo né troppo lo spaventa) all'idea che quell'eventuale morte renderebbe il suo nemico Gersbach, colui che gli ha rubato tutto (una moglie bellissima e una figlia dolcissima), il tutore dei soldi della sua assicurazione sulla vita. Questo lo tormenta soprattutto. Gli viene da pensare al suo testamento, all'esigenza che Simkin, il suo avvocato, lo strappi (ma come avvertirlo da lì a dieci chilometri d'altezza?). Ebbene, ancora una volta, questo tormento si trasforma nella smania improvvisa di scrivere una lettera al suo avvocato. «*Caro Simkin, astuto Simkin, strappa quel testamento.*» Ancora una volta il suo cervello non è in grado di soffermarsi su un pensiero (peraltro importante) per più di un secondo. Eccolo – quel pensiero – sgusciare via e proiettarsi verso il padre di Moses e su uno dei suoi fratelli, eppoi in fine implodere per tornare a contemplare se stesso. Ora è Moses che si guarda per autocompatirsi. In fondo quest'infinito piroettare del pensiero tende sempre verso un sentimento dominante: l'autocompassione. Sicché quando la bella piacente hostess gli offre qualcosa da bere, Herzog non riesce neppure a guardarla negli occhi tanto si sente insignificante e inadeguato.

Se si avesse la possibilità di descrivere su un grafico l'andamento complessivo di tutto il periodare herzoghiano, si resterebbe sconvolti di fronte alla visione di questo lunghissimo segmento spaccato.

Credo di poter dire, senza timore di essere smentito, che Saul Bellow sia uno di quei pochi grandi scrittori che hanno avuto la ventura di essere dei predestinati. Come se la storia avesse agito per consacrarlo. Potremmo definirlo addirittura un anti-maledetto: l'alterità dialettica del modello offerto da Edgar Allan Poe. Il suo cammino è quello di uno scrittore istituzionale. Studia da scrittore insigne con pedanteria: si sente, sin dagli albori della sua carriera, una luce per i colleghi della sua generazione e per i tanti ammirati epigoni. E il fatto singolare è che tale autorità gli viene quasi immediatamente riconosciuta. Racconta Atlas che le settimane precedenti all'uscita di *Herzog*, nelle redazioni dei giornali, nei *milieu* intellettuali più sofisticati, nelle sale dei café newyorchesi, si respirava un'atmosfera elettrica come se si attendesse da un momento all'altro una svolta o un'improvvisa rivelazione. Doctorow ha scritto che

> ci vorrà ancora del tempo per valutare la profonda influenza che Bellow ha esercitato sugli scrittori della mia generazione. Io credo che sia stato l'anello che ha collegato la letteratura della generazione di Faulkner, Hemingway e Fitzgerald con gli scrittori che si sono affermati dopo la Seconda guerra mondiale.

Ma c'è una testimonianza ancora più suggestiva che suona quasi come un giudizio storico sulla svolta della letteratura americana del secondo dopoguerra che coinvolge Bellow ma non si esaurisce in lui. Tale testimonianza ci viene fornita da William Styron nel suo più famoso romanzo *La scelta di Sophie*. A un certo punto Stingo, il narratore, si trova a discutere sui destini della narrativa americana con un giovane amico ebreo di nome Nathan il quale gli preannuncia, con mirabile veggenza, il primato della letteratura ebraico-americana:

> «Non ho detto che gli scrittori ebrei avrebbero costituito l'unica corrente, solo la più importante» replicò affabilmente e pateticamente «e non sto cercando di insinuare, neanche lontanamente che tu non possa aggiungere qualcosa di significativo alla tua tradizione. Dico solo che storicamente ed etnicamente gli ebrei arriveranno a piena maturità nel campo culturale solo in questo dopoguerra. È più che probabile, capisci. Esiste già un romanzo che fa da battistrada. Non è un gran libro, è solo un libretto, ma mirabilmente proporzionato ed è scritto da un giovane autore con un talento assolutamente incontestabile.»
>
> «Qual è il titolo?» domandai. E penso che nella mia voce ci fosse una punta di malumore quando aggiunsi: «E chi sarebbe questo scrittore con tanto talento?».
>
> «S'intitola *L'uomo in bilico*» replicò lui «ed è di Saul Bellow.»

Di questo estratto non m'interessa tanto il tributo a Bellow, quanto l'intuizione critica. È vero quello che dice Styron (il romanzo è del '79 e lui ormai ha l'agio di valutare con il senno di poi): è l'ora degli scrittori ebrei. Bellow apre un ciclo, insieme a Malamud e in qualche misura (pur non scrivendo in inglese) insieme allo stesso Singer. È finita l'era degli scrittori del Sud. D'ora in poi gli scrittori ebrei avranno più facilità a pubblicare e a fare successo in America. Che piaccia o no, l'America funziona così: le mode etniche condizionano eccessivamente il mercato editoriale.

NY 6 marzo 2004, ore 18.30

Il vento oceanico si è placato. Marzo a New York è ancora più lunatico che dalle nostre parti. Appena uscito dal ristorante ho svoltato verso il parco. E sebbene esso non mostri ancora alcuna incoraggiante apertura alla primavera, venirci non è stata una cattiva idea. I laghetti ghiacciati, la gente che fa pattinaggio sulla pista in mezzo a Central Park, gli scoiattoli impauriti che ti guardano con occhi stupefatti per poi scomparire tra gli arbusti sotto le sequoie secolari, e qualche maniaco del footing che non ha alcun pudore nell'ostentare variopinte e inguardabili divise da astronauta. Sono uscito dal parco per ritrovarmi a Columbus Circle. Era quel che cercavo. Questa è la zona battuta dal vecchio Mr Sammler, alle prese con l'elegantissimo borsaiolo negro il cui mancato arresto diventerà, nel corso del romanzo (sto parlando de *Il pianeta di Mr Sammler*), la sua ossessione. E non posso nascondere che la cosa mi susciti un po' di emozione.

Chi è Arthur Sammler?

Un pover'uomo che ha perso tutto durante l'Olocausto e che ha qualche problema a riprendersi in un mondo travolto dalla contestazione studentesca nei confronti del quale prova disagio. E inoltre è un camminatore non meno infaticabile di Moses Herzog. Se non che il suo raggio d'azione è quasi esclusivamente ristretto a Manhattan e la sua fatica di vivere assai più impediente (se non altro per quei malvissuti settant'anni). Anche Sammler passa la vita a guardare e a riflettere, ma i suoi pensieri non hanno nulla di erotico: freddi, disincantati, non privi di rancore. Potrei perfino definirli rinsecchiti come i rami d'un albero agonizzante. Se Moses Herzog è un disadattato per scelta o per vocazione, Arthur Sammler è un disadattato per ragioni oggettive e strutturali. La sua lingua originaria è il polacco, è nato in un mondo che ha smesso da tempo di esistere, ha dovuto rinunciare, per vivere in America, ai suoi codici culturali. Ha assistito esterrefatto al tramonto del suo continente. Questo fa di lui un vero e proprio Gulliver nella terra dei Giganti. Manhattan, con la sua imponenza, con i suoi crimini, con le fiumane di gente che la percorrono giorno e notte, sta davvero larga al povero Sammler che, come ogni bravo personaggio bellowiano, è un collezionista di *gaffes* e disavventure.

La prima è quella del borsaiolo negro appunto. Sammler fa di tutto per farsi notare da lui: lo guarda fisso mentre questi svolge la propria professione in autobus (Sammler arriva a prendersela con la società costruita dai Wasp e con la loro incapacità di tutelare i cittadini onesti dall'assedio dei criminali: dove è finito il sano e severissimo puritanesimo dei Padri Pellegrini?), eppoi finisce addirittura con l'inseguirlo e, in fine, con il denunciarlo alla polizia. Ma un giorno avviene un inconveniente. Sammler si trasforma da inseguitore a pedinato. Il ladro lo ha visto e ora lo bracca, fino all'appartamento. Giunti nel cortile del caseggiato dove abita il vecchio intellettuale polacco, il ladro, senza dire una parola, lo immobilizza e fa una cosa strana e intimidatoria: gli mostra il cazzo. Tale esibizione basta a Sammler per capire l'antifona. Si tratta d'una minaccia ferina e inequivocabile. Su cui Sammler riflette con tristezza:

> Però restava il fatto che il mondo occidentale era travolto da una follia sessuale. Sammler adesso ricordava anche, vagamente, di aver sentito dire che, a quanto pareva, un Presidente degli Stati Uniti si era mostrato in modo simile ai rappresentanti della Stampa (chiedendo che le signore si allontanassero), esigendo di sapere se un uomo così ben dotato non meritava la fiducia necessaria a guidare il paese. La storia era, naturalmente, apocrifa, però non era del tutto inverosimile, considerando chi era il Presidente; e l'importante era che se ne fosse venuti a conoscenza e che anzi la storia aveva circolato in ambienti così vasti da aver raggiunto persino i vari Sammler nelle loro camere da letto nel West Side.

Deve essere uno spasso per Bellow paragonare un borsaiolo negro a un Presidente degli Stati Uniti (JFK? Nixon? Johnson?...), tutti presi dalla loro frenesia sessuale e dal tentativo di nasconderla per non rovinarsi la carriera di fronte alla grande tribuna puritana del popolo americano.

Il pianeta di Mr Sammler è un libro contro la sbornia pansessualista degli anni Sessanta. Per essere più precisi, è un libro contro la favola degli anni Sessanta e contro la Rivoluzione sessuale che ad essi s'accompagnò. Forse basterebbe questo – tale prova di anticonformismo – per farne l'ennesimo capolavoro bellowiano. Ma a questo bisogna aggiungere una sorta di cupezza rancorosa e decostruttiva che accompagna ogni pagina di questo libro in cui molti – per me stoltamente – hanno voluto biasimare l'eccessivo saggismo e la totale mancanza di struttura e di plot. In fondo basta un personaggio – un solo indimenticabile personaggio – per rendere un romanzo necessario. E Mr Sammler ha le carte in regola per affiancare le grandi figure che Bellow ci ha regalato in più di mezzo secolo di duro lavoro.

Semmai la domanda da rivolgere a Bellow è un'altra:

Perché tanto rancore? Che c'entra il rancore in questo momento della tua vita?

È davvero strano che un tale risentimento arrivi dopo il successo di *Herzog*. È una strana forma di ingratitudine nei confronti della sorte. Il problema di molti scrittori che hanno collezionato un capolavoro epocale come *Herzog* è quello di non ritrovare la giusta incisività. Insomma lo stesso Nabokov ha impiegato un po' di tempo a risollevarsi dai fasti di *Lolita*. E alcuni sostengono che non ci sia neppure riuscito. Forse allora può essere che Bellow, spaventato dall'idea di aver già dato il meglio di sé, abbia calcato la mano? Abbia voluto esagerare nel creare un personaggio diametralmente opposto a Herzog pur di non incorrere nel malinconico rischio di fare un plagio di se stesso?

No, le motivazioni non sono queste. È una questione storica piuttosto. Bellow, a dispetto di molti scrittori liberal suoi coetanei o più giovani, ha vissuto la Rivoluzione sessuale come un vero e proprio inferno. Un inferno della Ragione. Credo che abbia giudicato – chissà se a sproposito? – l'ebbrezza libertaria che inghiottiva quel decennio come un pretesto ad abbandonarsi all'anarchia e all'irresponsabilità. Ebbene sì, ci troviamo in presenza d'un discorso autenticamente reazionario. E da un certo punto di vista è persino consolante che uno dei più grandi scrittori americani del Ventesimo Secolo si mostri così decisamente conservatore. E forse per capirsi meglio, bisogna pensare all'idea che Bellow ha della letteratura, e dell'arte in genere. Con tutta la sua ironia, con tutto il suo disincanto, Bellow ha un'idea aristocratica dell'arte. L'arte è una cosa faticosa, difficile, elitaria e che in qualche modo può addirittura salvarti l'anima. La letteratura è roba da iniziati e basta: gli altri possono rimanere fuori, con i loro lavoretti filistei. Ebbene, credo che Bellow, quel Bellow cinquantenne e famoso, abbia visto nel sesso, nel sesso compulsivo e disperato degli anni Sessanta, nel sesso indemoniato della liberazione e del rock un vero e proprio attentato alla cultura alta. Da questo punto di vista la concezione estetica di Bellow è perfettamente europea. La Rivoluzione sessuale è quella parte dell'America che Bellow rifiuta drasticamente, non nella vita privata, ma nella sua opera (non trovate strano che un felice narratore fluviale e sostanzialmente immoralista come Bellow non abbia mai infilato una scena di sesso in uno dei suoi romanzi?).

Nel 1969 in America escono contemporaneamente due romanzi di due scrittori ebrei, di età diversa, ma d'estrazione analoga: uno affermato, l'altro che si sta facendo le ossa. *Il pianeta di Mr Sammler* e *Il lamento di Portnoy*. Da notare anzitutto come entrambi i romanzi abbiano una struttura non tradizionale, e come soprattutto parlino delle idiosincrasie dei loro rispettivi personaggi i cui nomi appaiono nel titolo. Ma Arthur Sammler è un settantenne deluso che prende improvvisamente coscienza che il pianeta – il suo adorato pianeta – è impazzito. Lui, cresciuto a contatto del Bloomsbury Set, si trova a dover vivere in questa New York piena di hippies, cialtroni, criminali da strada. Alex Portnoy, al contrario, è uno scatenato giovane che urla (letteralmente) il dramma della sua emancipazione sessuale. Sammler odia l'epoca in cui vive, sebbene sia troppo disperato per nutrire autentiche nostalgie. Portnoy è un alfiere degli anni Sessanta odiatore di qualsiasi forma di perbenismo.

E possiamo ben dire che a Roth non sia ancora passata. Oggi che ha l'età precisa di Mr Sammler (settant'anni suonati), è ancora il vecchio commosso cantore della Rivoluzione sessuale. Nel suo ultimo libro, *L'animale morente*, dedica una parte a una ragazza della sua generazione che ha fatto della disinibizione e della sfrenatezza erotica una specie di avamposto rivoluzionario. Sì, ecco come Roth si abbandona alla sua agiografica invocazione alle ragazze degli anni Sessanta:

> Janie e Carolyn, con altre tre o quattro spavalde ragazzotte dell'alta borghesia, formavano la cricca delle così dette Ragazze di Strada. Queste ragazze non avevano nulla in comune con le donne che io avevo conosciuto fino a quel momento, e non perché fossero coperte di stracci zingareschi e girassero a piedi nudi. Detestavano l'innocenza. Non sopportavano i controlli. Non avevano paura di mettersi in mostra e non avevano paura di tramare nell'ombra. Ribellarsi alla propria condizione era tutto. Con le loro seguaci, hanno forse rappresentato, storicamente, la prima ondata di ragazze americane pienamente coinvolte nel proprio desiderio.

L'euforico sfogo di Roth potrebbe essere altamente commovente, se non fosse un po' ridicolo. Non posso fare a meno di notare che mentre Roth e le sue eroiche ragazze dal clitoride assassino se la spassavano nei depravati campus delle università americane, il vecchio Arthur Sammler se la passava piuttosto male. E il caso vuole che vivesse il suo momento più drammatico e più mortificante proprio in un contesto universitario, in uno di quei mausolei delle libertà sessuali retrospettivamente mitizzati da Roth.

Quando Sammler viene chiamato a tenere una conferenza alla Columbia University su un autore démodé come Wells, non trova ad attenderlo lo sparuto gruppo di studenti timidi, occhialuti, con penna e block notes in mano, che si era figurato, ma una selva di capelloni malintenzionati che se ne infischiano di Wells e del Bloomsbury Set e di tutto quello che Sammler potrebbe raccontare loro.

Questa scena è stata suggerita a Bellow da un episodio della sua vita. Quando in piena contestazione, chiamato (lui autore acclamato di *Herzog*) a tenere una conferenza in una università di San Francisco, fu duramente contestato. In una lettera a Mark Harris riportata da James Atlas, Bellow commentava l'accaduto con tristezza e irritazione:

> Quella del S.F. State College è stata una bruttissima storia. Non mi offendo facilmente alla mia età, e non l'ho presa come un affronto personale: non è il mio stile. Ciò nonostante è stata davvero una cosa offensiva. Essere definiti da Salas un vecchio stronzo di fronte a un pubblico che trovava la cosa deliziosamente emozionante. [...] No, credimi, è stata una vicenda squallida. Non si fondano le università per distruggere la cultura. Per quello si chiamano i nazisti.

Quale miglior luogo per fare valere i propri diritti di uomo offeso se non la letteratura? Questa disavventura viene trasferita all'interno de *Il pianeta di Mr Sammler*. Stavolta a venire contestato non è un avvenente, ricco e acclamato scrittore americano, ma un povero vecchio che non ha gli strumenti sufficienti di forza e di fascino per potersi difendere. Forse per questo l'effetto drammatico ci guadagna. E come al solito Bellow ricorre al suo famigerato vittimismo per fare letteratura. È interessante in questo caso raffrontare la versione autobiografica della vicenda con quella romanzesca, per capire meglio come funziona il meccanismo trasfigurante di Bellow. Trasformare uno scrittore all'apice della vita e della sua ascesa personale, dallo charme ammaliante e dalla loquela irresistibile in un povero vecchio polacco cieco d'un occhio, è un'operazione capziosa che tende a ribaltare il significato stesso della scena. Mentre in quella autobiografica Bellow può essere tacciato di arroganza (non a caso rispose sprezzantemente ai suoi contestatori), nella trasposizione romanzesca, Mr Sammler accusa il colpo con serafico stoicismo. Bisogna considerare tale espediente di vittimizzare i propri alter ego come una vera e propria poetica. Ogni scrittore utilizza i propri strumenti di conoscenza: sembra che per Bellow il vittimismo sia un luogo di identificazione, quasi come in Kafka.

In questo senso Bellow è davvero l'erede americano d'una tradizione ebraico-orientale. I suoi personaggi – con rarissime eccezioni (penso all'Henderson de *Il re della pioggia* che, infatti, non è ebreo) – non mostrano mai la baldanza un po' guascona dei grandi eroi americani. La sua difesa è sempre il basso profilo. Anche i suoi personaggi più vincenti – si pensi a Charlie Citrine – amano sempre nascondere se stessi dietro a un'egida di simpatica e commovente inettitudine.

Qualche tempo fa, da queste stesse pagine, credo di aver notato come i personaggi di Philip Roth siano accomunati dall'essere dei vincenti che improvvisamente incorrono in un dramma che distrugge loro la vita, o la mette seriamente in pericolo. Bellow agisce in modo diametralmente opposto. I suoi alter ego sono sempre poveri disgraziati pasticcioni che alla fine tuttavia, attraverso l'ironia e una forma assai ebraica di stoicismo, riescono, in qualche modo, trionfatori. Potremmo dire che il più prestigioso progenitore di molti personaggi bellowiani è il nostro indimenticato Zeno Cosini. Sì, i personaggi di Bellow, così come Zeno Cosini, sono degli inetti di successo che traggono un piacere erotico nell'autodenigrazione (è interessante notare come l'autodenigrazione sia la più sofisticata forma di narcisismo consentita a uno scrittore novecentesco).

Ma torniamo al romanzo. Nel bel mezzo della sua prolusione, Sammler viene interrotto, mentre sta parlando di Orwell, da un ragazzo barbuto e ostile che dopo varie domande così gli si rivolge:

«Orwell era un crumiro. Era un controrivoluzionario bacato. Meno male che è morto quando è morto.» Girandosi verso gli ascoltatori, allargando le braccia violente e sollevando le palme come un danzatore greco, disse: «Perché state a sentire questo vecchio sacco di merda effeminato? Che cosa ha da dirvi, lui? Ormai ha le palle secche, questo qui. È morto, non ce la fa più a venire».

A questo punto Sammler si alza e se ne va, senza dire una parola. La cosa interessante, ancora una volta, è il commento interiore appena sceso in strada. Quello che è accaduto, al di là di ogni altra considerazione, è lo specchio dei tempi. È esattamente quello che doveva avvenire in una università in cui i valori della cultura alta erano stati improvvisamente soppiantati da lassismo e autoindulgenza. Questa esperienza brutale pone Sammler al di fuori del mondo, non gli consente più di ritrovarsi, gli dà una sensazione di solitudine ineluttabile:

> Non gli dispiaceva di essersi trovato nel bel mezzo dei fatti, per tristi e deprecabili che fossero. Ma l'effetto era che Mr Sammler in verità si sentì in qualche modo separato dal resto della propria specie, se non in un certo senso tagliato fuori – tagliato fuori non tanto dall'età ma da pensieri e interessi troppo differenti e remoti, sproporzionati dal punto di vista spirituale, platonici, agostiniani, tredicesimo secolo.

Ecco il problema di Sammler. Il problema che lui ha con la sua specie. Sente perfettamente di essere stato fatto fuori.

Il pianeta di Mr Sammler (il termine "pianeta" va inteso letteralmente come sinonimo di "pianeta terra") è un libro sul dramma della vecchiaia come esperienza che tende a separarti progressivamente dalla tua specie, ma anche sul castigo di doverti misurare con l'ineliminabilità di certi ricordi tragici. Sammler, che è così intelligente e così risentito, non riesce a capire più niente: guarda con disprezzo e riprovazione la figlia squinternata, la nipote ninfomane (ancora sesso, sesso, maledetto sesso!), il nipote con i suoi progetti di ricchezze faraoniche, l'impunito borsaiolo negro da cui viene così splendidamente minacciato, e soprattutto New York che non la finisce di urlare e di marcire nel puzzo dell'estate.

Mr Sammler gira incessantemente – come il protagonista de *Les Pâques à New York* di Blaise Cendrars – per la città e rimane atterrito dagli imprevedibili spettacoli che essa sa offrirgli. Ma le sue epifanie non hanno niente di esaltante, marchiate come sono dalle stigmate del parodistico e del grottesco. Testimoniano tutto il cattivo umore di un vecchio.

> Ah, quello che si vede a Broadway mentre si va a prendere l'autobus! Sono riprodotti tutti i tipi umani, il barbaro, il pellerossa o un indigeno delle isole Figi, il dandy, il cacciatore di bufali, il desperado, il pederasta, il fantasista sessuale, la squaw, bas-bleu, principessa, poeta, pittore, cercatore di petrolio, troubadour, guerilla, Che Guevara, il nuovo Thomas Beckett.

Questa è New York, la New York degli anni Sessanta vista attraverso lo sguardo di Arthur Sammler. Non c'è più spazio per l'elegia.

Possiamo dire con certezza che questo sia il libro più apocalittico che Bellow abbia scritto. La visione dell'umanità che vi traspare è tra le più incresciosamente nichiliste. Tutto nella mente di Sammler viene ridotto a nulla e a coazione ininterrotta, perfino gli ideali, perfino l'amore, tutto:

> Poiché l'umanità continuava a fare le stesse bravate ad infinitum. Le sue antiche solite cose comico-lacrimose. Relazioni emotive. Desideri incapaci di un utile esaurimento. E sempre,

e di nuovo, e ancora, sempre la stessa storia, nel tentativo di svuotarsi e alleggerirsi il petto di certe grida, di certi ardori.

Ecco il pensiero che Mr Sammler manifesta sui suoi simili. Un concentrato di disincanto novecentesco che non lascia spazio ad alcuna apertura.

Ma lui se lo può permettere. Lui non è un adolescente narciso. Lui è uno che ha visto la parte peggiore dell'umanità, la parte più tremenda dell'esistenza, e il luogo più oscuro del Secolo, e non ha scordato niente.

Così in questo violento manifesto contro gli anni della contestazione trova spazio anche una riflessione sulla violenza, anch'essa dialetticamente opposta alle idee correnti di quell'epoca ribelle.

Ripeto: siamo negli anni Sessanta: gli hippies, la nascita dei primi movimenti pacifisti, le proteste contro la Guerra di Vietnam e tante altre manifestazioni in cui una parte dell'umanità mostra la propria insofferenza al conflitto. Ma Sammler non è giovane, per questo forse non si può permettere alcuna idealistica condiscendenza. Non credo Sammler abbia un'idea precisa sulla guerra e sulla pace. Ma sono certo che lui non possa permettersi sentimenti evangelici. Perché lui è scampato d'un pelo al massacro nazista. E i nazisti non si sono limitati ad ammazzargli parenti e amici ma gli hanno fatto scavare la fossa ove seppellire lui e sua moglie. Lui ce l'ha fatta, la moglie no. È strano che Bellow tratti un problema come questo in modo così esplicito: di solito preferisce nascondere queste faccende dietro uno schermo di discrezione. Invece ne *Il pianeta di Mr Sammler*, affronta la questione in modo esplicito. Basterebbe questo per descrivere il profondo disagio esistenziale in cui scrisse questo strano libro.

Il ricordo di quell'esperienza, della buca scavata sotto la minaccia dei nazisti, diviene il centro della vita di Sammler.

Il flashback che tutto il mondo sembra evocare e in ogni momento. Il pensiero perpetuo, quello ineliminabile. È il leitmotiv del libro, il tema che sbuca inaspettato in ogni angolo della città, sebbene siano trascorsi venticinque anni da quelle tragiche esperienze.

> Per il fatto di essere tornato, per il pensiero di quell'argomento, per il morire, per il mistero di morire, per lo stato di morte. E anche, per essere stato dentro la morte. Per il fatto che gli avevano dato la pala e gli avevano detto di scavare. Per aver scavato accanto alla moglie che anch'essa scavava. Quand'ella vacillava lui cercava di aiutarla. Scavando, non parlando, aveva tentato di trasmettere qualcosa a lei e di darle forza. Ma da come poi le cose si erano svolte, egli l'aveva preparata alla morte senza con lei dividerla. Fu lei ad essere uccisa, non lui. Era lei ad essere stata promossa, non lui.

I nazisti gli hanno fatto prima scavare la fossa, poi li hanno gettati là dentro, in fine hanno sparato all'impazzata credendo di aver trucidato tutti. Ma Sammler si è salvato. Eppure la cosa non gli dà alcun sollievo: anzi, reputa quello il suo castigo. Il suo castigo è quello di essersi salvato inutilmente e senza alcuna ragione, per un puro caso. Insomma sono tutti morti, solo Sammler è vivo e così Bellow commenta:

> Gli accadeva di rado di considerarla una vittoria. Dov'era la vittoria? S'era scavato, a forza di unghie, la strada per uscirne. Se si fosse trovato sul fondo sarebbe rimasto soffocato. Se ci fosse stata un'altra trentina di centimetri di sabbia. Forse gli altri erano stati sepolti vivi in quella fossa. Non c'era alcun merito speciale, non c'era alcuna magia. Tutto quel che c'era era esser sfuggito al soffocamento. E se la guerra fosse durata qualche altro mese, egli sarebbe morto come gli altri. Non un solo ebreo avrebbe potuto evitare la morte.

Non c'è alcun merito nell'essersi salvati, come non c'è nessuna colpa nell'essere morti. La morte di tanti ebrei, e la salvezza di pochi altri, è stata decisa dalla casualità delle circostanze. Questa è la verità più aberrante secondo Mr Sammler. È facile, d'altronde, intravedere in queste cupe considerazioni l'ombra del nostro Primo Levi le cui speculazioni sull'argomento sono state fatte oggetto di autentica idolatria in America. Ma qui c'è qualcosa di più. Quel fondo inestricabile di amarezza che per una volta prende forma in un'inedita e poco bellowiana iconoclastia.

Ma il colpo di genio è un altro. Dopo essersi salvato e nascosto, la sorte offre a Sammler l'opportunità che la maggior parte degli ebrei superstiti avranno anni dopo, attraverso la mediazione processuale di Norimberga. Sammler, che viene da quell'esperienza spaventosa, dopo aver nuotato nella buca in mezzo a tanti cadaveri tra cui quello della moglie, ha la possibilità di rifarsi su un militare tedesco. Così Sammler, dopo averlo disarmato, può farsi giustizia da solo. Il destino lo ha messo con un fucile in mano di fronte a un nazista. Sammler può uccidere un nazista. E non ha importanza che il nazista sia un ragazzo spaventato che implora pietà: ha dei figli che lo aspettano. Almeno a Sammler non importa. Temo che qualsiasi scrittore mediocre che si trovasse alle prese con questa scena si lascerebbe tentare dall'ipotesi del perdono. Ma Bellow non ha dubbi, così come non ha dubbi Sammler: non c'è altro da fare che sparare al giovane nazista a bruciapelo senza esitazione, e dopo averlo fatto spogliarlo e derubarlo di tutto: il cappotto, le scarpe... Ed è esattamente quello che fa. Insomma cosa c'è di meglio di annientare un individuo i cui commilitoni hanno appena trucidato tua moglie dopo averle fatto scavare la fossa? Sono decenni che Sammler pensa a quello sparo. E non solo, nel ricordarlo, non prova alcun pentimento retrospettivo, nessun rimorso, ma arriva al paradosso di considerare l'uccisione di quell'uomo l'istante più luminoso di tutta la sua vita. Il suo ricordo più eccitante.

> Mr Sammler poteva anche aggiungere, alla saggezza fondamentale, che uccidere l'uomo che aveva assalito nella neve gli aveva fatto piacere. Si trattava di piacere soltanto? Era di più. Era gioia. La chiamereste un'azione tenebrosa? Al contrario, era anche un'azione luminosa. Era predominantemente luminosa. Quando sparò il fucile, Sammler, lui stesso quasi cadavere, scoppiò di vita. Ghiacciato com'era, nella foresta Zamosht aveva spesso sognato di starsene vicino al fuoco. Ebbene, qui si trattava di qualcosa di più sontuoso del fuoco. Il suo cuore si sentì rivestito di raso scintillante, voluttuoso. Uccidere l'uomo e ucciderlo senza pietà, poiché lui era dispensato dalla pietà. Ci fu un bagliore, una saetta di bianco infuocato. Quando sparò di nuovo fu meno per assicurarsi che l'uomo fosse morto che per provare ancora una volta quella beatitudine. Per bere più fiamme. Avrebbe ringraziato Iddio per quell'occasione se avesse avuto un Dio. A quel tempo non lo aveva. Per molti anni nella sua mente non c'era stato altro giudice che se stesso.

Non c'è spazio per alcuna pietà nel cuore del giovane, infreddolito, furioso Arthur Sammler. Ma neppure in quello del vecchio Arthur Sammler che ricorda molti anni dopo. La pietà, la comprensione, la tolleranza, il rispetto della vita umana. Tutte cose bellissime che un ebreo messo davanti a un nazista non può permettersi. Così l'apice della vita Sammler diventa il suo unico omicidio. Ci troviamo in presenza di un anti-Raskolnikov, con l'aggravante che questo giovane nazista ammazzato a sangue freddo è ancora più incolpevole di quanto non sia la vecchia massacrata dall'eroe dostoevskiano.

Per tutta la vita Sammler non riuscirà a pentirsi di aver ammazzato un uomo disarmato. Per tutta la vita rimarrà sedotto dall'abbacinante nitore di quel gesto insensato.

Uno scrittore perdona quasi tutto a un collega, persino la scortesia di aver scritto un ottimo libro. Ma non il successo: quello è davvero imperdonabile. Auspichi che il tuo migliore amico trovi la donna della sua vita, ma saresti sconvolto se osasse portarti via la tua. Ecco, diciamo che per uno scrittore il pubblico è la donna amata, e il successo l'inevitabile corollario coniugale di quell'amore felice e tormentoso.

Università di Princeton 12 luglio 1986

Forse sbaglio. Ma tendo a conferire un'eccessiva importanza all'essere stato rifiutato, appena tredicenne, da una ragazza eccezionalmente bionda nel contesto maestoso d'un'università statunitense svuotata d'americani e pullulante di stranieri: diciamo che lo considero come uno di quei fatti fondamentali che formano il carattere.

Metà degli anni Ottanta. Era l'epoca in cui si diffondeva tra le famiglie borghesi l'abitudine di mandare i figli in vacanza-studio in Inghilterra e in America: ma i miei zelantissimi genitori evidentemente volevano di più: devo alla loro megalomania quel soggiorno a Princeton, tra le maggiori istituzioni universitarie della East Coast. Spaventato dall'idea di essere rinchiuso in quella fortezza neo-gotica, fui stupefatto nel vedere una vacanza dai presupposti così seriosi trasformarsi in un'indimenticabile occasione di promiscuità sessuale e razziale, come nella migliore tradizione collegiale mille volte celebrata da insulsi film di cassetta.

E chissà che non sia stata l'immersione nell'adrenalinica

euforia di fine millennio, ad avermi indotto all'errore d'invaghirmi di una di quelle bionde ragazze romane che fanno dell'altezzosità e della concupiscenza una sorta di manifesto politico: così in quel maledetto 12 luglio 1986, dopo una serie di trattative mal gestite da quel diplomatico dilettante e minorenne che ero, fui rifiutato (e stavolta senza alcuna ambiguità) da quella ragazza, che si era peritata nei giorni precedenti di alimentare nel mio povero animo di pubescente una serie di speranze convulse e infondate. Ora, la ragazza apparteneva alla categoria di teen-ager i cui capelli sembrano aver risucchiato tutto il calore di Roma. Un'elegia ariana in terra americana. Diciamo che la mia paranoia operò in modo da convincermi che lei mi avesse rifiutato in quanto ebreo, sebbene oggi possa dire con certezza che quella imperturbabile fanciulla non conoscesse la differenza che correva tra gli ebrei e i pastori tedeschi. Però insomma questo episodio di razzismo del tutto ipotizzato mi aiutò a superare la prima grande buca della mia vita.

Della quale mi sarei ricordato molti anni dopo, imbattendomi nell'avventura di Humboldt, il grasso e geniale poeta tratteggiato da Bellow che s'imbarca in una patetica battaglia contro il sistema Wasp per avere una cattedra a Princeton. D'altra parte, come avrei potuto, leggendo la cronaca dettagliata del revanscismo di Humboldt e dei suoi inevitabili fallimenti, sullo sfondo di quella solenne università, non provare un senso di empatia? Non ci trovavamo forse – io e Humboldt – sullo stesso campo di battaglia? Non eravamo entrambi votati (per una sorta di destino da cui la nostra razza stenta a liberarsi) alla sconfitta? Diciamo che se lui aveva provato a sfidare il tempio Wasp dell'accademismo americano, io nello stesso luogo, molti anni dopo, avevo provato, con un'omologa operazione, a espugnare un fortino ariano ottenendo lo stesso sconfortante risultato e rifugiandomi nelle stesse paranoie auto-consolatorie.

E diciamo che tale analogia mi offre la possibilità di introdurre il tarlo bellowiano per eccellenza: l'ebraismo e l'America.

Temo che il contenzioso che l'ebreo Bellow ha con i Wasp non sia molto dissimile da quello che, per esempio, l'ebreo Zweig e tanti suoi correligionari avevano con la vecchia aristocrazia austriaca qualche decennio prima, alla vigilia del genocidio. È come se anche quel benedetto contenzioso avesse preso armi e bagagli per trasmigrare intonso dall'altra parte dell'Oceano. Il solito vecchio problema: gli ebrei che guardano con ammirazione, con invidia e con uno struggente desiderio di emulazione la classe più alta e irraggiungibile nella scala sociale dei Gentili, sentendosene simultaneamente attratti e ripugnati, accolti e disdegnati...

Eppure – bisogna pur convenirne – l'America del Ventesimo Secolo non è l'impero austroungarico. L'America è *the land of opportunity*. Quindi le cose dovrebbero avvenire in modo affatto diverso. Insomma almeno in America si dovrebbe avere più rispetto per gli ebrei e meno pregiudizi per le minoranze in genere.

Diciamo che Bellow si sente investito da tale problema sin dal principio della sua carriera di scrittore, e lo risolve con spregiudicatezza, o almeno finge di risolverlo. Il celebre incipit di Augie March non è altro che questa spudorata rivendicazione di americanità anche a scapito della propria matrice ebraica. «Io sono americano, nato a Chicago» dice Augie, e a noi sembra che lo stia gridando. Eppure, nonostante tutto, in lui, da bravo ebreo della diaspora, sopravvive un fascino misterioso (mescolato al risentimento) per la cultura ufficiale dei protestanti anglosassoni, se non altro perché essa sembra ai suoi occhi una sorta di succursale americana della cultura vittoriana, o di quello che ne resta, per cui Bellow prova un'autentica venerazione. Lui, spesso, nei suoi romanzi, cita i componenti del Bloomsbury Set come se costoro fossero semidei appartenenti a un'altra razza, rappresentanti d'un'epoca in cui lo Spirito Umanistico per una volta (dopo l'Atene di Pericle o la Roma di Giulio II) poté trionfare sulla terra.

Ne *Il dono di Humboldt*, Charlie Citrine, il narratore, è spinto a conoscere Von Humboldt Fleisher perché questi è l'autore d'una silloge accolta con grande favore dall'Accademica, depositaria (agli occhi di Citrine) delle chiavi della cultura alta americana, che per una volta sembra aver messo da parte la propria schizzinosa diffidenza nei confronti degli ebrei. Questo successo di Humboldt presso l'establishment dei Gentili ha mandato letteralmente in estasi Citrine, fino a spingerlo a sobbarcarsi un viaggio avventuroso pur di stringere la mano a quel fiero Davide che con le sue poesie ha abbattuto il Golia del pregiudizio accademico.

> Avresti detto che uno nato nel West End, figlio di immigrati, nevrotici per di più [...], che un giovinotto di tal natura dovesse essere per forza maldestro, che la sua sintassi non potesse venir accettata dai raffinati critici gay posti di guardia allo Establishment Protestante e alla Tradizione Snob. Niente affatto. Quelle Ballate erano terse, musicali, spiritose, piene di gioia e di umanità. Platoniche, direi. Con ciò alludo a quella perfezione originaria cui, secondo Platone, ogni essere aspira a ritornare. Sì, le parole di Humboldt erano impeccabili. L'America degli Snob non aveva motivo di temere. Era allora in uno stato di sovreccitazione nervosa: s'aspettava, da un momento all'altro, di veder sbucare l'Anticristo dai bassifondi. Invece, ecco questo Humboldt Fleisher, con un'offerta d'amore. Si comportava come un gentiluomo.

Rifulgono gli attributi usati da Citrine per definire lo stile humboldtiano, attribuiti che ai suoi occhi sembrano decisamente non-ebraici. Le ballate di Humboldt sono «terse, musicali, spiritose, piene di gioia e di umanità. Platoniche, direi». E per rendere meglio questo disagio l'allusione a Platone è essenziale, perché non solo si tratta del più cristiano (e quindi del meno ebraico) tra i filosofi dell'antichità, ma soprattutto perché la sua idea di bellezza è così astratta e idealizzata che sembra facilmente contrapporsi all'incombente prosaica espressività giudaica. Insomma la nuova vita degli scrittori ebrei in America riprende proprio da dove l'avevano lasciata i loro antenati europei: dal desiderio di assimilarsi da un lato, e dall'altro da quello di non smarrirsi e confondersi con tutti gli altri. Restare ebrei e allo stesso tempo scrivere al modo dei Gentili, e meglio di loro se possibile.

Ma non è solo questo il punto di contatto: i posteri sono legati ai progenitori da una smania non meno travolgente. Una smania che si fa ossessione. E tale smania si chiama "successo".

Ha scritto Hannah Arendt con la solita acutezza:

> Gli uomini di affari ebrei non potevano facilmente rendersi conto di quanto le classi alte fossero antisemite, per il fatto che essi perseguivano solo interessi commerciali e non si preoccupavano affatto degli inviti nei gruppi non ebraici. Ma i loro figli scoprirono abbastanza presto che c'era un solo modo per essere accettati in società – diventare famosi.

Negli Stati Uniti – per come è conformata quella società in realtà così dissimile dalla nostra – c'è un termine che risulta in assoluto il più offensivo che tu possa rivolgere a un tuo simile: "looser". Perdente, o se preferite, fallito. Anche se in realtà "looser" è un vocabolo intraducibile. Perché dire a un americano "you are a looser!" non equivale a dire a un italiano: "tu sei un perdente!". Nel nostro paese, per ragioni che è inutile indagare, si è arrivati perfino al paradosso di avventurarsi in una commossa retorica dei perdenti che negli Stati Uniti risulterebbe incomprensibile. *Fallire* da quelle parti è, per una serie di ragioni sociologiche, un'esperienza assai più mortificante.

Sicché il successo in America diventa per l'appunto un incubo individuale e collettivo, metro essenziale per definire la dignità d'una vita. Una vita senza successo è una vita senza dignità. E se ciò vale per l'americano medio tanto di più vale per l'ebreo americano, e se ciò vale per l'ebreo americano in generale, diventa un vero macigno per l'ebreo americano che sceglie di fare lo scrittore. Perché scrivere è un mestieraccio: è una professione faticosa, mortificante, che dà rare soddisfazioni sociali, e solo sulla lunga distanza. Uno scrive oggi per essere apprezzato se tutto va bene tra un paio d'anni. È una scommessa con se stessi che difficilmente ripaga della fatica. Eppoi c'è un altro problema: in qualsiasi altra professione uno può mantenere un profilo basso o medio, essere un buon avvocato, un ottimo ingegnere, un decoroso chirurgo, ma la scrittura, l'arte reclamano l'eccellenza, il primato, lo sgominamento e l'uccisione degli avversari.

O sei il migliore o non sei. Non esisti.

Saul Bellow ha ottenuto un successo travolgente, ha vinto un Nobel, e a tutt'oggi contende a Faulkner e a Nabokov la palma di scrittore americano più importante del Secolo. Ma non si può dire davvero che quel successo gli sia piovuto dal cielo. Se l'è veramente sudato. Ne ha fatto uno scopo di vita senza ipocrisie. E alla fine lo ha ottenuto.

Ma soprattutto ne ha fatto (ed è solo per questo che ne parlo) motivo di studio e di ispirazione letteraria, come forse solo Balzac, in tutt'altro contesto, ha saputo. Molti libri di Bellow sono dedicati – anche se solo ufficiosamente – a questo annoso problema: fare successo negli Stati Uniti e, per Dio, conservarlo.

Per questo forse si può addirittura dire che la sua vita di uomo e di scrittore sia divisa in due parti. E non è difficile comprendere come lo spartiacque che chiude la prima fase e apre la seconda sia *Herzog*. Per quello che letterariamente rappresenta nell'opera di Bellow (un'autentica svolta), ma anche per quel che comportò nello svolgersi naturale della sua vita privata: celebrità, denaro, tranquillità, frequentazioni altolocate. Se nei libri precedenti a *Herzog* (forse con la sola eccezione de *Il re della pioggia* che è storia a sé) Bellow ha cantato il disagio di giovani personaggi ebrei figli di emigrati e il loro desiderio di emergere, di mettersi in luce, che spesso si traduce in scacco, nei libri dopo *Herzog*, ha provato a raccontarci quanto sia sfibrante e difficile conservare un'immagine di sé compatta quando si è tanto famosi, quanto è difficile contemplare la caduta nel gorgo dell'Oblio dei tuoi amici che non ce l'hanno fatta e quanto è facile specchiarti nel loro destino atroce.

È stato spesso notato che in molti romanzi di Bellow ricorrono figure di familiari (fratelli e padri soprattutto, ma non solo) che, a dispetto del protagonista del libro, hanno raggiunto eminenti posizioni nella società e hanno messo da parte un mucchio di soldi. Ne *L'uomo in bilico*, il primo romanzo, il giovane Joseph, dichiara immediatamente il proprio disagio, la propria frustrazione per la ricchezza del fratello Amos. Ma la persona per cui sente il maggior astio è Etta, la viziata quindicenne figlia di Amos, allevata a considerare il proprio privilegio pecuniario anzitutto come un attestato di carattere e personalità:

> Mia nipote e io non siamo troppo in buoni rapporti; c'è una vecchia ruggine tra noi. La nostra famiglia non era ricca. Amos ricorda spesso quanto abbia dovuto lottare, quanto fosse vestito male da ragazzo e quanto poco mio padre poteva dargli. E lui e Dolly hanno allevato Etta insegnandole che la

povertà s'identifica non tanto, forse, col male quanto con la mediocrità e che lei, figlia di gente ricca, è distante anni luce da coloro che vivono miseramente, in appartamentini mal ammobiliati, senza domestici, e che indossano abiti grossolani e sono così privi di orgoglio da fare debiti. I suoi cugini hanno automobili e ville in campagna. Io non rappresento certo un motivo di orgoglio ai suoi occhi.

Joseph disprezza e odia sua nipote, eppure non può impedirsi di soffrire per il disprezzo che lei si compiace di restituirgli, come se subdolamente lo stesso Joseph aderisse a quel giudizio detrattivo che la nipote ha formulato – per la perversa educazione che le è stata impartita – su di lui.

Uno schema analogo si ripete ne *La resa dei conti*: stavolta c'è un padre egoista e spilorcio che si rifiuta di aiutare economicamente il figlio, sebbene questi stia per affogare, e quel medesimo figlio che, nonostante tutto, non riesce a elaborare un giudizio completamente negativo nei confronti del padre preferendo puntare l'aculeo della propria riprovazione su di sé, sul proprio fallimento.

Masochismo ebraico?

No, stavolta si tratta d'un tratto distintivo dell'americanità bellowiana.

In *Herzog*, quando il protagonista sta per inabissarsi nel fondo della follia, è ancora un fratello ricco a intervenire per tentare di farlo rinsavire. È come se, nell'universo bellowiano, la ricchezza fosse sinonimo di salute mentale. È la ricchezza che conferisce prestigio ai personaggi, che li rende saggi e distinti, non il primato intellettuale e neppure quello accademico così importante per gli ebrei. Ed è perfino lacrimevolmente ingenuo il modo in cui Moses si lascia consigliare dal fratello. È come se la stima per lo spirito pratico di quel simpatico filibustiere chicaghese si fosse impossessata di lui fino a mutarsi in giudizio di merito. Il fratello è meglio di lui perché ha fatto molti più soldi. Ma Moses non ne è invidioso: Moses ama suo fratello alla follia.

(Bisogna capire che Saul Bellow non è un bohémien che si compiace di disprezzare coloro che hanno scelto di vivere negli agi della borghesia. No, lui ha un occhio di simpatia per i borghesi, è lui a sentirsi matto, proprio come il suo inconcludente e dissipatore Herzog. Tale l'entità della sua schizofrenia.)

Allora non è difficile capire come tale faccenda del successo e del denaro si sia trasferita dalla mente di Bellow sulla pagina, trasformandosi da impaccio biografico in tema letterario. Non a caso, nei romanzi dopo *Herzog*, i fratelli e i genitori ricchi, pur non scomparendo completamente, pesano di meno. Diciamo che oramai non c'è più bisogno della loro autorità. È come se dopo il successo di *Herzog*, Bellow fosse diventato improvvisamente maggiorenne.

Ciò non di meno quando, all'età di quarantanove anni, Bellow si ritrova inaspettatamente, e a causa del suo libro più difficile, un uomo ricco, ha un vero e proprio attacco di panico.

Essere ricco e famoso in America. C'è da sviluppare un fottio di ansie da prestazione. L'assai informato biografo di Bellow ricorda che nelle settimane in cui *Herzog* raggiungeva vette insperate di vendite e popolarità, il fratello Maurice commentava con soddisfazione: «Il fratellino ce l'ha fatta finalmente».

Erano lustri, decenni che i Bellow evidentemente chiedevano a quel "fratellino" artista di seguire la strada scritta nel suo Dna: la strada del successo in America. Tanto meglio se a questi soldi si accompagnava una notorietà che possiamo dire internazionale. Tanto meglio se alla speculazione edilizia lui aveva saputo sostituire la folle speculazione intellettuale di Moses Herzog.

E non deve essere stato semplice per uno scrittore cinquantenne che fino a quel momento ha scritto libri su quanto è difficile la vita in America, dover ora occuparsi di quanto sia facile viverci se hai molti quattrini e molto prestigio. Bisogna riconoscere che la ricetta scelta da Bellow per tenere a bada il successo – e per gestirlo nei libri – è stata certamente la più intelligente possibile.

Cos'altro fare se non prendendone ironicamente le distanze? mostrando quanto la ricchezza sia una cosa che in realtà non ci riguarda e come, dopo tutto, i problemi rimangano sempre gli stessi: il terrore di invecchiare e di diventare cretini, il declino della propria nazione, l'orrore della morte che ogni giorno ti succhia un impercettibile ma determinante centilitro di vitalità dalle vene?

Il dono di Humboldt, una delle più luminose prove della narrativa bellowiana, è dedicato a questo conflitto dalle proporzioni bibliche tra insuccesso e successo. Tra vocazione all'auto-disintegrazione e una salubre forma di auto-tutela. Bellow pone uno di fronte all'altro in un corpo a corpo fatale due personaggi mirabili: da una parte il poeta Humboldt, gigantesco, coltissimo, dissipatore di sé, d'appetiti pantagruelici, autore d'un'opera poetica giovanile di successo, dall'altra il commediografo Charlie Citrine (ennesimo alter ego di Bellow) autore d'una commedia che oltre ad aver sbancato i botteghini di Broadway lo ha reso celebre internazionalmente al punto da consentirgli un'intimità con il clan Kennedy e con molte altre persone influenti, ma che, a dispetto dei desideri di società della moglie, ha preferito rinchiudersi nel suo appartamento di Chicago e frequentare solo vecchi amici del liceo (gangster compresi). Come è noto la storia di Humboldt ricalca la vita (ma soprattutto la morte) del leggendario poeta americano Delmore Schwartz, amico di Bellow tragicamente morto in solitudine e follia, quando i due non si parlavano già da qualche anno.

Basta sfogliare i racconti (assai pochi a dire il vero) scritti da Schwartz nel corso della sua carriera per capire quanto Bellow ne sia stato influenzato. Ci troviamo di fronte a storie la cui dimensione narrativa è stata sacrificata alla speculazione filosofica: insomma un bellowismo *ante litteram*, anche se privo della leggerezza e dell'ironia irresistibile che caratterizzerà le opere mature di Saul. Ne *Il mondo è un matrimonio*, ad esempio, Schwartz ritrae, con un tono di vaga nostalgia e di delusione, la *bohème* ebraica e marxista (cui peraltro apparteneva anche un giovane improbabile Bellow) che celebrava i suoi fasti ma soprattutto i suoi insuccessi nel Greenwich Village negli anni Trenta. Già in questo racconto vediamo delinearsi il tema della mancanza di denaro e del fallimento artistico che ritroveremo, con ben altra portata tragica, ne *Il dono di Humboldt*. C'è qualcosa che non funziona nei racconti di Schwartz. Forse la scrittura gelida, o i personaggi dalle personalità così geometrizzate. O forse vi si intuisce il fondo di deprimente malattia che avrebbe condotto lo scrittore al manicomio. E dire che il suo primo racconto, quello che gli diede una precocissima gloria, quello che entusiasmò personalità artistiche diverse come Eliot, Bellow e Nabokov, era d'un tale splendore che prometteva al giovane autore un futuro entusiasmante. Il racconto aveva un titolo fantastico: *Nei sogni iniziano le responsabilità*. La struttura aveva qualcosa di borgesiano e il *background* era di chiara marca freudiana. Era la storia di un ragazzo che andava al cinema a vedere un film muto e scopriva – con quale sgomento! – che il film non era un film, ma una sorta di sconvolgente documentario che lo riguardava intimamente. Così il ragazzo – come in una specie di folle candid camera *ante litteram* – vede sullo schermo vivere i suoi genitori. Assiste, insieme a tanti altri spettatori incuriositi, alla scena in cui il padre chiede in sposa la madre. Rivive i turbamenti e le delusioni di quei due ragazzi che non sanno ancora che un giorno diventeranno i genitori di quello spettatore disperato.

> Al che mio padre si guarda intorno con nervosismo, non sapendo cosa fare. Mia madre allora dice: «È quello che ho desiderato fin dal primo momento in cui ti ho conosciuto». E singhiozza e lui trova tutto questo imbarazzantissimo, non proprio di suo gusto, non proprio quello che s'aspettava quando pensava a come sarebbe andata, durante le lunghe passeggiate sul ponte di Brooklyn, fantasticando e fumando un buon sigaro; ed è a questo punto che, giù in sala, io mi alzo di nuovo e grido: «Non fatelo. Non è troppo tardi per cambiare idea, tutti e due. Da tutto questo non verrà fuori niente di buono, solo rimorsi, odio, scandalo e due figli dal carattere mostruoso!».

Il protagonista è sconvolto, non finisce di urlare, di piangere, di fare commenti sarcastici finché, all'ennesimo urlo di dolore e di angoscia, la maschera del cinema lo accompagna fuori dal cinema. E lì la narrazione sfuma in un risveglio angoscioso.

Ci troviamo di fronte a uno dei racconti brevi più struggenti della letteratura americana. Ma siamo anche al cospetto di un uomo i cui cromosomi promettono un destino di degrado e di follia.

Da qui muove la rievocazione bellowiana.

L'amico è morto oramai da un decennio e Bellow prende a pretesto la storia di questa amicizia finita male (Schwartz non gli aveva perdonato il successo di *Herzog*) per mettere in scena questa sfida ancestrale tra chi ce l'ha fatta e chi non ce l'ha fatta, tra chi ha avuto fortuna e chi non ce l'ha avuta. Tra chi ha avuto in eredità cromosomi giusti e chi li ha avuti sbagliati.

In un episodio cruciale del romanzo lo scattante e longilineo Citrine – che immaginiamo azzimato e a suo agio in costosi abiti sartoriali – incontra un Humboldt devastato dalla malattia, dal manicomio, dall'elettroshock, dal rancore, dall'indigenza, da una shakespeariana gelosia per la moglie, dagli incubi d'una vita buttata al vento. Lo vede, gli fa pena, gli incute anche uno strano terrore (un terrore che si tinge dei violacei colori della superstizione), ma non trova la forza di avvicinarlo e di aiutarlo. Eppoi come è naturale, tornato a casa, non gli resta altro da fare che pentirsene: pentirsi di non essere intervenuto, pentirsi per non aver aiutato un amico. Per come ci viene raccontato questo pentimento va ascritto a quel genere di impulsi che Baudelaire, con cinismo e con assoluta precisione psicologica, classificava come "aimables remords". Gli amabili rimorsi.

Perché, a dispetto di certi luoghi comuni cattolici, i rimorsi non sono mai troppo dolorosi: anzi alcune menti sofisticate possono servirsene come utile scorciatoia per quietarsi la coscienza: il rimorso spesso è un diversivo degli ipocriti e degli auto-indulgenti. Quindi il pentimento di Citrine non ispira alcuna dignità e alcuna grandezza: è un'impostura, come si sbriga a fargli notare la moglie (non meno disincantata di Baudelaire). La verità – e stavolta Citrine è onesto – è che Humboldt gli interessa e lo inquieta più per quello che rappresenta che per quello che è stato. La vista di Humboldt ridotto in quelle condizioni riapre in Citrine una ferita. Humboldt è l'immagine stessa di quanto la vita possa essere crudele con un grasso ebreo con l'animo ingolfato dal genio e da mille auto-lesive paranoie. Ma non solo: lui è anche la trasposizione di quella crudeltà con cui l'America usa sbarazzarsi dei suoi poeti più importanti, sin dai tempi lontani di Edgar Allan Poe.

Il problema di Humboldt è quello di aver affrontato la

questione-successo a mani nude, con la protervia d'un teppista dei sobborghi. Il problema di Humboldt è quello di non avere avuto la giusta distanza. Non si è fatto carezzare dal successo: si è lasciato schiaffeggiare semmai, dopo averlo inseguito con bramosia. E ci ha pensato il destino a castigarlo. Proprio perché solitamente è così raro che qualcuno ottenga quello che desidera ardentemente, ciò per cui lotta a viso aperto e senza discrezione, Humboldt ha fallito. Ha fallito perché non ha avuto stile, compassatezza. Perché al primo scricchiolio, è stato preso dal panico, ha lasciato che lo facessero a pezzi! Per motivi inversi Citrine ha vinto la sua lotteria (proprio come Bellow) e questo Humboldt non ha saputo davvero perdonarglielo. Non può perdonare a Citrine che lui abbia avuto tanta fortuna, quasi *malgré lui*.

Fin dall'inizio del romanzo Humboldt, con l'incontinenza che gli è propria, discute con il suo giovane amico del tema dell'insuccesso. Ed è singolare e beffardo, perché le sue diagnosi, peraltro molto convincenti, sembrano spiegare in anticipo il fallimento verso cui si sta avviando. Eh sì, si tratta d'una vera e propria premonizione che piuttosto che addentrarsi nei territori oscuri dell'oracolare, preferisce mantenersi negli stretti confini del raziocinio. E non a caso la questione etnica (il primato degli Wasp sugli altri gruppi razziali) è al centro del suo dotto ragionamento.

> Se Scott Fitzgerald fosse stato protestante – dice Humboldt al suo amico – il Successo non l'avrebbe danneggiato tanto. Si pensi a Rockefeller senior: lui sì che sapeva tener testa al successo, asserendo che il denaro gli veniva da Dio, ecco tutto. Certo, questo è un concetto manageriale della vita.

Solo poche righe prima Humboldt aveva detto al suo amico con malinconia: «Ho sfondato troppo giovane, sono nei guai».

E non è un caso che in queste pagine si nomini Scott Fitzgerald. Perché l'ombra di questo sfortunato (o fortunatissimo?) scrittore campeggia sulle teste dei personaggi bellowiani come un nume tutelare o come una maledizione. Il concetto espresso da Humboldt sembra riecheggiare un passo noto de *L'età del Jazz* – la raccolta di saggi assemblati da Wilson dopo la morte di Fitzgerald che continuano dopo molti anni a esercitare su di noi un incantesimo che in alcuni suoi romanzi sembra essersi spento. Ecco cosa scrive Fitzgerald commentando a più di un decennio di distanza le sue glorie giovanili.

> Il successo prematuro ti dà una concezione quasi mistica del destino come opposto alla forza di volontà: nel caso peggiore, l'illusione napoleonica. L'uomo che arriva giovane crede di esercitare la sua volontà proprio perché la sua stella splende. L'uomo che si afferma soltanto a trent'anni ha un'idea abbastanza equilibrata di come forza di volontà e destino abbiano cooperato ognuno per parte sua, colui che arriva a quaranta ha tutte le probabilità di mettere l'accento sulla sola volontà. Ciò avviene quando gli uragani si abbattono sulla sua navicella.
>
> Il compenso di un successo molto precoce è la convinzione che la vita sia una faccenda romantica. Nel senso migliore uno rimane giovane.

Utile ricordare che quando Fitzgerald scrive queste pagine è un uomo non solo affetto da una gravissima depressione ma in preda a quel tipo di disperazioni da cui è impossibile riprendersi e che di solito conducono alla morte (ancora una volta penso a Zweig: all'aria di irrimediabile sconfitta che si respira ne *Il mondo di ieri*).

In effetti, però, i discorsi di Fitzgerald e Humboldt, pur appartenendo alla stessa area semantica, sono di segno opposto. Il primo dice che l'errore peggiore che un giovane possa commettere è quello di pensare che il successo sia una diretta (mistica?) emanazione del destino, il secondo, invece, sostiene che il segreto dei grandi Wasp milionari (Rockefeller) è nell'idea che il denaro venga direttamente da Dio. Insomma Humboldt ribalta la questione e accusa (si fa per dire) Fitzgerald di non aver saputo gestire il proprio successo perché non ha creduto nell'origine metafisica del medesimo, laddove Fitzgerald accusa implicitamente se stesso di averci troppo creduto. Ma in fondo a noi non importa così tanto che i due la pensino allo stesso modo. A noi importa che per loro questo tema sia semplicemente fondamentale, tanto quanto lo è per Bellow naturalmente.

Nella sua opera difficilmente Bellow parla di Fitzgerald. A dire il vero, difficilmente parla dei suoi colleghi americani (Faulkner, Hemingway, ecc.), per una sorta di sindrome della prima donna. Lui si sente il miglior prodotto del Novecento americano e non vuole che altri giganti gli facciano ombra. Eppure è evidente che Fitzgerald gli ha insegnato qualcosa. Fitzgerald ha fatto del denaro e di tutto quello che il denaro può acquistare una specie di mito. Lui ha creato l'epos fiammeggiante dei ricchi di Long Island. «I ricchi sono diversi» è la sua celebre frase che gli rimproverava Hemingway. Fitzgerald ama gli orpelli dei milionari in un modo religioso, così come gli yacht, le serate di gala, i gioielli.

Fitzgerald in tal modo ha dato una versione americana, un po' volgarizzata, di decadentismo. Il mito dell'ascesa e del crepuscolo dei grandi milionari che in seguito Hollywood avrebbe sfruttato volgarizzandolo.

E non si può certo dire che Bellow sia immune da questa forma di estetismo. Molti dei suoi personaggi sono attratti dal lusso: da Humboldt fino a Ravelstein, per non parlare della sequela di mogli nevrotiche o di simpatici alter ego di

Bellow stesso. Lui ama concentrare il suo sguardo su alcuni elementi nell'addobbo delle case, o sugli interni delle sfarzose macchine che talvolta si compiace di regalare ai suoi personaggi.

La differenza da Fitzgerald sta nel fatto che Bellow è troppo disincantato per poter rimanere significativamente contagiato da tali miti. Spesso Bellow nei suoi libri ironizza su questo punto. Lui si sente figlio della Grande Depressione degli anni Trenta, non della Grande Euforia degli anni Venti. Ecco la differenza. Nei suoi romanzi la ricchezza è un dono del cielo che uno deve trattare con leggerezza perché domani potrebbe esaurirsi senza ragione. Non è un mito da idolatrare o in cui identificarsi.

Non so se sia mai stato notato, ma il solo tratto che accomuna tutti gli scrittori della *lost generation* (e alludo soprattutto a Fitzgerald, a Hemingway e a Dos Passos) è la loro impressionante mancanza di ironia. Essi prendono eccessivamente sul serio, non tanto la missione di artista, ma direi la loro missione di uomini sulla terra. Se ciò dipenda dall'esperienza tragica della guerra o dall'esuberanza dell'età del Jazz, non saprei dire, ma mi sembra un dato incontrovertibile. L'ironia è un regalo fatto agli scrittori americani dalla Depressione.

Forse per questo Bellow guarda ai fasti e alle dissolutezze della *lost generation* – e soprattutto guarda a Fitzgerald – con un sorriso pieno di scherno.

In fondo è mirabilmente vero quello che Alfred Kazin ha scritto di Fitzgerald:

> Commentava il mondo sguazzandovi con la stessa soddisfazione dei nuovi ricchi e, quando voleva, sapeva capirlo da saggio, ma non ebbe mai il dono dell'interiorità, i suoi sensi erano sempre rivolti all'esterno, verso un mondo fatto di domeniche a Long Island.

Giudizio ineccepibile che spiega anche il decisivo passo in avanti fatto da Bellow. Fitzgerald è un principe delle superfici che ama in un modo spasmodico il mondo che ha scelto di descrivere con devozione, ricercatezza e una struggente soavità. Bellow è uno scrittore d'altra pasta. È attraversato – da bravo ebreo chicaghese cresciuto nella penuria spirituale e pecuniaria del New Deal rooseveltiano – da una tormentata interiorità. Così anche le raffinatezze e i salotti e il successo che da un certo punto della sua opera in poi Bellow comincia a descrivere sono tenuti a distanza. Bellow preferisce ragionare pacatamente sul successo e sull'insuccesso, sulla ricchezza e sull'indigenza, piuttosto che lasciarsi incantare dalla nuova conquistata agiatezza e dall'occasione di incontri prestigiosi che essa sembra offrirgli. Trova i ricchi eccentrici o cretini, più che epici. Fitzgerald è morto, è morta la sua America: c'è qualcosa di rarefatto e sfibrato e infantile nella poetica fitzgeraldiana (e nella sua prosa) che urta le nostre sensibilità moderne.

E Bellow è un antidoto potentissimo alle perniciose deliquescenze anni Venti. Perché riesce simultaneamente ad essere scrittore dei salotti e scrittore delle idee. Delle apparenze così come delle profondità. E senza mai appesantirci l'anima.

La descrizione di Ravelstein che si veste prima di uscire, è paradigmatica:

> Si ferma davanti alla specchiera (qui non ci sono specchi a tutta parete), infila nelle asole i gemelli d'oro massiccio e si abbottona la camicia a righine Kisser & Asser di Jermyn Street: la lavanderia e stireria American Trustworthy gliele consegna imbottite di carta velina. Si passa la cravatta intorno al collo alzando il colletto che scricchiola di amido. Fa un nodo sontuoso. Le dita incerte, lunghe, scoordinate, agitate da

un nervosismo da esteta, girano due volte intorno a un capo della cravatta. Ravelstein ama nodi grossi: anche lui, dopo tutto, è un omone. Poi si siede sul vello ben conciato del suo letto e s'infila gli stivali marrone Poulsen and Skone. Il suo piede sinistro è di vari numeri più piccolo del destro, ma Ravelstein non zoppica.

Qui come non mai si evince come il tratto peculiare dello stile bellowiano sia la sprezzatura, e come la caratteristica della sua intelligenza sia l'intuizione. Sì, insomma, il mondo dei fenomeni, come a ogni realista di razza, gli interessa – ne è talvolta addirittura commosso –, ma a patto che quella sequela di dettagli gli consentano di aprire spiragli imprevedibili sul carattere dei suoi personaggi.

È evidente come Ravelstein, l'ultimo magnifico eroe creato dal laboratorio bellowiano, sia tutto nelle sue abitudini vestimentarie. «Il nervosismo da esteta» di cui parla Bellow è proprio quella vibrazione delle mani che cattura tutti coloro che hanno un'idea della vita piuttosto complessa, che sono nati per viverla fino in fondo e che per questo arrivano a soffrire di tanta grazia e di tanta bellezza. Ma l'ultima notazione: quel piede sinistro tanto più piccolo del destro è il colpo di genio: l'intuizione che ravviva l'affresco. Quell'asimmetria, quella dissonanza delle estremità inferiori è ciò che restituisce Ravelstein alla sua essenza di uomo difettoso e un po' ridicolo. Così come il fatto che non zoppichi è la prova della sua dignità e del suo auto-controllo. D'altronde mentre tutto questo avviene – mentre questo rito vitalista ed estetizzante si compie – Ravelstein sa già che dovrà morire.

Chicago 9 marzo 2004, ore 18.30

Solo con il terzo romanzo, *Augie March*, Bellow comprende pienamente che Chicago è la considerevole porzione di territorio letterario, il tangibile, avvincente luogo americano che toccherà a lui rivendicare con l'autorevolezza con cui la Sicilia era stata monopolizzata da Verga, Londra da Dickens, e il Mississippi da Mark Twain.

Così Philip Roth rivolge un commosso pensiero al suo maestro e alla sua Chicago.

Sono atterrato finalmente.

Ce l'ho fatta. E in fondo non è stata una grande impresa. Ho solo dovuto prendere un aereo, che, tra l'altro, non ero io a pilotare. Eppure mi sento eroico. Sono a Chicago. E il fatto davvero strano è che a questo punto mi sembra di avere poco da dire. Credo di aver detto troppo su luoghi che in fondo non avevano molto a che fare con Bellow, e ora i polpastrelli si atrofizzano nel momento in cui mi trovo nel guscio bellowiano per eccellenza, nel suo spazio urbano elettivo. Ma insomma è così che vanno le cose. E chi si occupa per mestiere di letteratura dovrebbe saperlo. Chicago è bella. Ma non è poi questo posto memorabile. New York è molto più elettrizzante per intendersi (e di Roma, la mia città, non vorrei neppure parlare). Questo è la riprova che Bellow è uno scrittore indimenticabile. Perché ogni scrittore indimenticabile ha bisogno del suo luogo-pretesto. Basta inoltrarsi incautamente nella campagna francese, fermarsi di fronte a quell'oscena catapecchia di Illiers con il suo giardinetto insulso e piccolo-borghese, per capire l'entità del genio proustiano. Ebbene l'impressione che mi fa Chicago, percorrendola a bordo di un taxi guidato da un pakistano con tanto di turbante in un pomeriggio gelido che solo Bellow saprebbe raccontare, è di un luogo-pretesto. D'un luogo che non vale la candela. Non è la prima volta, d'altronde, che m'imbarco in imprese che oltre a rivelarsi deludenti risultano dannose. Mi è accaduto una dozzina d'anni fa di fare un viaggio in Russia, e non tanto per contemplare le macerie dell'Impero Sovietico, quanto per andare alla ricerca dei luoghi tolstoiani: la dimora, la tenuta, la stazione dove il Conte morì. Che delusione! E allora via a Pietroburgo nella casa dove Raskolnikov commette l'omicidio. Che squallore insopportabile! Sì, tali pellegrinaggi sono avventure destinate al fallimento. L'inattendibilità di questo mio reportage nasce dal fatto che non ho voglia di rovinare immagini così care, immagini che serbo con tanta nostalgia: i quartieri dove Augie March ha vissuto e sofferto, quelli su cui Moses Herzog si è commosso pensando all'infanzia, quelli da cui il cupo Professor Corde è partito per un viaggio allucinante.

Non sarebbe più sano lasciare che la Chicago bellowiana rimanesse un Eldorado dell'Immaginazione piuttosto che violare per l'ennesima volta l'Inviolabile?

D'altronde persino le definizioni che Bellow dà di Chicago, pur essendo affascinanti, sono per lo più imprecise e contraddittorie come se anche lui volesse mantenere la sua città su uno sfondo onirico.

Sentite questa, tratta da *Il dono di Humboldt*:

> Situata sulla sponda meridionale dei Grandi Laghi (il venti per cento delle acque dolci del mondo) Chicago contiene, nel suo seno gigantesco, tutto intero il problema della poesia e della vita interiore in America. Qui si possono scrutare, certe cose, come attraverso un'acqua trasparente.

Converrete con me che questa metafora acquatica, per quanto suggestiva, appare un po' ambigua, se non proprio generica. Anzi, nella sua impenetrabilità, è quasi una non-definizione. Ci troviamo alle prese con un'immagine pre-socratica. Chicago come luogo liquido? Capace di accogliere nel proprio seno «il problema della poesia e della vita interiore in America»? Ha senso tutto questo? Forse tale metafora più che per Chicago funziona per lo stile di Bellow? Anzi, per la sua opera intera? È questa – la sua opera – ad apparire sterminata, profonda, caotica, impetuosa, e piena di riflussi come l'immenso lago Michigan che solo ora scorgo all'orizzonte.

Chicago l'ha inventata Bellow. O almeno la mia Chicago è completamente sua. Ecco forse perché di questa Chicago vera, incombente, rumorosa, fredda, trafficatissima non so che farmene: mi dà un curioso fastidio. Non delusione, ma fastidio. Ed ecco perché chiedo al tassista di riportarmi all'aeroporto. Voglio andarmene prima che sia troppo tardi. Un diniego alla Des Esseintes? E sia! Ma in fondo è quello che sento. In qualsiasi luogo, ma non qui. Vorrei spiegare al tassista esterrefatto che io ho già la mia Chicago. Che Chicago esiste in me e non è quella nel ventre della quale lui sta fingendo di trascinarmi. Sì, vorrei tanto spiegarglielo, mentre è intento nella sua proibita conversione a U, mentre scuote la testa e bofonchia parole di rimprovero. Vorrei davvero spiegarglielo. Ma non credo gliene importerebbe.

Eppoi a che serve spiegare?

Sul volo di linea New York - Tel Aviv 12 marzo 2004

Eppure esiste un luogo bellowiano ancora più elettivo di Chicago. Ed è esattamente quello in cui mi trovo in questo momento: una cabina d'un aereo di linea lanciato a centinaia di chilometri orari su questa sterminatezza di cobalto. Un'asettica cabina di un asettico jet sospeso a nove chilometri d'altezza sull'Oceano Atlantico. Oggi è frequente che filosofi, critici letterari, semiologi, architetti provino a definire cosa sia un "non-luogo". Sì, la così detta atopia nell'ultimo ventennio ha covato un mucchio di proseliti tra i cattedratici del pianeta. Anche perché la postmodernità sembra averla eletta a spazio estetico privilegiato: sembra quasi che aeroporti, stazioni di metropolitana, fast food, supermarket, nella loro monumentale impersonalità, siano lì al solo scopo di ricordarci che i luoghi – così come noi li conoscevamo – sono morti per sempre. Diciamo che tra questi non-luoghi la cabina d'un jet merita una menzione speciale da parte della critica. Si tratta del non-luogo per eccellenza: iperuranica, lontana, alta, isolata, dall'esterno inaccessibile, in perpetuo movimento e sempre uguale a se stessa. Perfino i cibi serviti da indistinguibili hostess – cibi che uno finisce col divorare anche se sono pessimi – sono fondamentalmente uguali in ogni compagnia. (Una volta, per andare in Australia, viaggiai la notte di capodanno. Il capitano era seriamente imbarazzato: con tutti quei fusi orari che si accavallavano non sapeva quando farci festeggiare. Alla fine decise che avremmo stappato lo spumante alla mezzanotte di Singapore. Il Tempo in aereo non esiste.)

I personaggi di Bellow come abbiamo già avuto modo di constatare in *Herzog*, viaggiano spesso in aereo. Anzi, direi che difficilmente utilizzano altri mezzi di locomozione. Sono sempre sballottati da una parte all'altra del pianeta. All'interno dello stesso romanzo vediamo un personaggio visitare nell'arco d'una dozzina di pagine l'Europa, l'Africa per poi tornare in America. In un altro vediamo il protagonista avventurarsi in veri e propri tour per gli Stati Uniti: da New York a San Francisco. Da San Francisco a Chicago. Da Chicago ai Caraibi con la naturalezza con cui un uomo medio copre le abituali distanze tra casa e ufficio. La narrativa di Saul Bellow è veramente uno spot *ante litteram* della globalizzazione. Lui, ebreo russo nato in Canada e cresciuto in America, ha una passione compulsiva per il moto perpetuo. I luoghi, nei suoi romanzi, sono intercambiabili. Flaubert (almeno nel nostro immaginario) è sempre là, nella sua stanza di Croisset, intento a correggere nevroticamente i suoi scritti, così come Proust non fa altro che succhiare caffè nella sua nebulosa camera parigina. Saul Bellow, invece, fedele a una tradizione americana inaugurata da Poe e da James, è sempre in movimento: lo vediamo affondato nella poltrona di Prima Classe d'un jet con un bicchiere di Bourbon tra le dita. È come se il mondo nelle sue pagine si rimpicciolisse. Come se lui avesse il pianeta in pugno.

A Bellow piacciono gli aerei, e non tanto le elettrizzanti sensazioni del decollo e dell'atterraggio, quanto invece la calma metafisica della crociera: i panorami mozzafiato cui lui sembra non abituarsi mai:

> Siamo in balia dei motori e ci troviamo sospesi fra cielo e mare – azzurro, sopra di noi e sotto di noi, la bellezza del creato ci avvolge, tra un azzurro più cupo e un azzurro più chiaro – non avvertiamo la velocità, neppure il movimento. Succhiamo aranciate attraverso una cannuccia, da involucri di carta, mentre sorvoliamo Cipro. O è Creta? Il pilota ha anche accennato all'Adriatico? Poi vengono le vette delle Alpi, con le loro nevi, i cumuli di nubi.

Descrizione esemplare! Una delle tante. Il racconto *Come è andata la vostra giornata?* dalla raccolta *Quello col piede in bocca*, si svolge quasi interamente in aereo. Nel passo citato avvertiamo non solo la sensazione di spaesamento e di lontananza del volo, ma direi soprattutto l'impressione di aerea libertà che distingue la letteratura bellowiana: epitome del suo internazionalismo ebraico e del suo fiero cosmopolitismo. È come se la sua narrativa avesse abolito i disagi del jetlag, dei ritardi, dei bagagli, del dover trovare un taxi, del dormire in letti stranieri e inospitali.

Al JFK mi hanno sottoposto a controlli di una scrupolosità disumana. Un addetto della compagnia ha perfino preteso di parlare con lo zio israeliano che mi ospiterà qualche giorno a Tel Aviv. La cosa, invece di irritarmi, mi ha tranquillizzato. Se ispezionano così uno come me – con questa faccia cronicamente giudaica – figurarsi un presunto terrorista. È così che si deve ragionare di questi tempi. E mi chiedo se esista un obbiettivo più allettante per un terrorista di un aereo zeppo di ebrei americani che fa una tratta come New York - Tel Aviv.

(Eppoi solo ieri è accaduto quello spaventoso disastro a Madrid! E ovunque, almeno da questa parte di mondo, si respira un'aria di tragedia.)

Come talismano per il viaggio ho qui con me, tra le mani, uno dei più eccitanti, profetici e misconosciuti libri di Bellow. *Gerusalemme andata e ritorno. Commentario personale.* Un libro del '76 scritto da un neo-premio Nobel su un argomento così intrinsecamente drammatico. Che mi sembra fin troppo appropriato alla circostanza e ai tempi. Un libro che conosco quasi a memoria. Che negli anni ho annotato con coscienziosità nevrotica. E per ragioni affatto personali. Diciamo che come molti uomini con un po' di sangue ebraico nelle vene non parlo volentieri di Israele. Ogni volta che ho provato a farlo sono stato ferito dai miei disimpegnati interlocutori, dai loro malvagi pregiudizi, ma anche dai miei. E allora meglio tacere, rispondere a mezza bocca alle provocazioni altrui, e tentare di dimenticare tutto al più presto. Chi lo dice che il dialogo su certe cose sia fruttuoso? Talvolta esso è solo un modo per offendere il prossimo e per lasciarsi insultare. Ormai ho imparato la lezione: Israele per i Gentili è un ottimo argomento di conversazione politica, una palestra truculenta e complicata su cui provare gli attrezzi della propria dialettica e l'onestà del proprio spirito critico. Per un ebreo, invece, Israele è come una metastasi che abbia aggredito un organo interno: una cosa che fa male, che fa paura, ma di cui è inutile e penoso parlare. Spesso nella vita per difendermi dal cicaleccio anti-israeliano dei salotti romani sono ricorso alle pagine di questo libro. Ecco perché esso è così rovinato e consunto. È la mia via di fuga, ma anche una forma auto-punitiva. Perché tanta lucidità uccide.

Il libro racconta il viaggio di Bellow di tre mesi in Israele compiuto con la moglie a metà degli anni Settanta. Inizia in aereo naturalmente. E proprio come nei suoi romanzi migliori, notazioni di ambiente si alternano a riflessioni d'una così sofferta profondità, e d'un'equanimità quasi rabbinica.

Bellow, al di là delle sue affettazioni di modestia e incomprensione, capisce assolutamente tutto della questione, molto più dei tanti eminenti personaggi che via via incontra e intervista: capisce che Israele, con buona pace di molti fondamentalisti ebrei, è uno scandalo geografico e politico, e andarci a vivere è stato un nuovo perverso modo escogitato dagli ebrei per rendere la propria vita un inferno, ma capisce anche che gli arabi non sono quelle dimesse vittime piene di ragioni per uccidere che molti in Occidente si ostinano a raccontarci. E che spesso la loro crudeltà ha qualcosa di sovradimensionato rispetto alle offese subite, qualcosa di turpemente ferino.

La cosa avvincente (non dico sia per forza una qualità) di questo libro è che sembra scritto oggi, in questi giorni terribili, come se la Guerra che solo adesso ci sembra incombere, fosse iniziata allora. Ed è veramente raro che un libro di politica internazionale rimanga così fresco. Le motivazioni che mi vengono in mente per spiegare tale misteriosa longevità saggistica sono tre:

1) La preveggenza di Bellow.

2) La situazione che, a dispetto delle apparenze, non è poi così cambiata rispetto a trent'anni fa. Si è semplicemente radicalizzata, resa spettacolare dagli attentati compiuti fuori dai confini di Israele (che chissà perché fanno più male di quelli che hanno insanguinato Gerusalemme e Tel Aviv per decenni) e dalla macabra attenzione dei mezzi di comunicazione.

3) La qualità della scrittura di Bellow è talmente alta che tende a rendere ogni materia trattata fuori dal tempo.

Ecco cosa scrive Bellow appena atterrato in Israele:

> Si va a far spesa nei supermercati, si telefona agli amici, si ascolta musica classica alla radio. Ma d'un tratto la sinfonia s'interrompe e danno notizia di un attentato dinamitardo. Una bomba è scoppiata in un caffè sulla strada per Giaffa: sei giovani uccisi, altri trentotto feriti. Turbato, addolorato, tu posi il bicchiere con il tuo civile drink. Inquieto, esci per recarti civilmente a cena. Sì, d'accordo, le bombe esplodono un po' ovunque. Poco fa si è saputo di un attentato in piena Londra. Ma la differenza è che, quando scoppia una bomba nel West End londinese, non viene messo in forse il diritto dell'Inghilterra ad esistere.
>
> Invece, qui, siedi con persone simpatiche in una sala da pranzo come tante, e sai che la padrona di casa ha perso un figlio, che sua sorella ne ha perduti due nel '73, che, in questa via di Gerusalemme – fresca, redolente di fiori nella notte coi lampioni occhieggianti fra il verde cupo – molte famiglie hanno subito lutti, come questa. E in quel caffè sulla strada per Giaffa, frequentato da studenti e giovani operai, sei adolescenti sono morti poco fa.

Cosa rende meglio il dramma israeliano? e quello che noi stiamo vivendo e siamo destinati a vivere nei prossimi anni, della descrizione della nostra "civile" quotidianità interrotta da spaventose esplosioni? Eppoi quella coscienza oscura che resiste, anche quando il ricordo cade, nera coscienza di pericolo che neanche Conrad avrebbe saputo raccontare. «Una delle bizzarrie di questo paese» nota Bellow a un certo punto «è che quando qui si dice "lotta per la vita" lo si intende alla lettera. Altrove, è un espressione metaforica. E neanche la parola "incubo" qui è un modo di dire.»

Ma la chiaroveggenza di Bellow si spinge oltre. Questo libro sembra lucidamente dare conto delle incomprensioni venate di aspra malignità che dividono gli americani dai francesi, dopo la Seconda guerra mondiale (sembra che i francesi non abbiano perdonato agli americani di aver vinto la guerra contro Hitler dopo che loro l'avevano persa così rapidamente – pare insinuare astiosamente l'autore di questo commentario). Bellow riesce a stento a mantenere la calma di fronte al problema francese, dà l'impressione di chi vuole a tutti i costi ricacciare in gola il proprio risentimento, e non ci riesce:

> La Francia è un paese i cui pensatori, sedentari a Parigi, ritengono di saper tutto quello che c'è da sapere sul mondo esterno. Il mondo esterno è quel che dichiarano che sia. Se vuoi sapere tutto sugli aborigeni australiani, consulta il Larousse. [...] Insomma: per lo più in Europa si ritiene che il capitalismo è finito e che la democrazia liberale sta morendo. Se alla Francia importasse qualcosa della democrazia liberale e della libertà, certo si comporterebbe in modo diverso nei confronti di Israele. Invece, la Francia preferisce il feudalisimo arabo, il socialismo arabo, il comunismo cinese. Preferisce far affari con il Terzo Mondo. Preferisce qualsiasi cosa ad Israele.

Giudizi aspri, che denunciano ancora una volta l'adesione bellowiana a un certo conservatorismo liberale di stampo statunitense: ma, comunque la si pensi, è difficile rimanere indifferenti di fronte alla lucidità con cui Bellow spiega la differenza tra gli intellettuali francesi e quelli americani. Il risentimento rivoluzionario e antagonistico (talvolta un po' salottiero) dei primi, spruzzato di terzomondismo, e il pragmatismo idealista (mi si perdoni l'apparente aporia) dei secondi. Su questo si esercita il sarcasmo bellowiano:

> Quel che la Svizzera è per le vacanze invernali e la costa dalmata per i turisti estivi, Israele e i palestinesi sono per l'Occidente, e per il suo bisogno di Giustizia: una sorta di *luogo di villeggiatura morale.*

Nel corso del libro, per meglio illustrare tale conflitto intestino all'Occidente, Bellow sceglie come oggetto polemico principale l'intellettuale francese per eccellenza: il *maître-à-penser* più illustre e più capzioso, erede diretto di Voltaire, Hugo, Valéry e di tanti altri che hanno saputo interpretare la coscienza politica del popolo francese e che hanno simboleggiato per secoli un indiscusso primato culturale: Jean-Paul Sartre.

Attraverso le contraddizioni irrisolte da Sartre sulla questione israeliana – il suo filo-semitismo difficilmente coniugabile alle sue simpatie per il panarabismo di stampo socialista – Bellow mostra la confusionaria astrattezza delle concezioni sartriane. Denunciando la sua ignoranza sull'argomento punta il dito sull'incapacità sartriana di liberarsi dal cilicio della propria ideologia sovversiva e dei propri stereotipi marxisti. Israele, per Bellow, è la vetta alpina su cui gli intellettuali francesi franano inesorabilmente, e Sartre è il capo cordata di questa fallimentare spedizione.

> Sartre non manca di farsi beffe di quanti ritengono che sono stati gli arabi a iniziare la guerra del 1967. E qui, il sospetto instillatomi dalla superficiale analisi economica e da quanto Sartre ci dice sul sostegno che Israele riceve dagli ebrei impe-

rialisti degli Stati Uniti, si fa strada e non posso far a meno di chiedermi: "Ma lo sa, questo influente pensatore ed eminente rivoluzionario, di che cosa sta parlando?".

Ma soprattutto Bellow, attraverso la sua polemica anti-sartriana, prende di mira tutti coloro che hanno alte aspettative morali da parte degli ebrei. Questo lo fa davvero infuriare:

> Ma Sartre e altri vogliono, a quanto pare, che gli ebrei siano eccezionalmente eccezionali. Forse gli stessi ebrei hanno dato adito a tali aspettative. Israele ha compiuto sforzi straordinari per essere democratico, equo, ragionevole e capace di cambiare. Ha, infatti, trasformato i suoi ebrei. Nell'Europa di Hitler questi vennero condotti in branco al macello; nel 1948 i superstiti divennero formidabili combattenti. Privi di terra in esilio, si fecero agricoltori. I mammalucchi avevano decretato che le pianure costiere della Palestina restassero un deserto. Gli ebrei ne hanno fatto un giardino.

Bellow non sopporta che tutti – davvero tutti – sappiano fare la lezione agli ebrei, che nessuno, invece, si permetta (per una forma quasi scaramantica di rispetto) di assumere analoghi atteggiamenti didascalici nei confronti degli arabi. E l'ultima stoccata contro Sartre e la sua cricca non è meno velenosa delle altre, e coinvolge il suo contegno indulgente nei confronti delle nazioni arabe.

> Mi domando tante volte perché non debba essere possibile agli intellettuali dell'Occidente [...] tenere agli arabi questo discorso: "Dobbiamo pretendere di più anche da voi. Anche voi – e i marxisti fra voi, soprattutto – dovrete far qualcosa per la fratellanza, e per la pace con gli ebrei, poiché essi hanno sofferto pene mostruose, nell'Europa cristiana e nell'Islam. Israele occupa appena lo 0,6 per cento delle terre che voi dite arabe. Non è possibile correggere le tradizioni islamiche, reinterpre-

tarle, apportarvi quelle modifiche che rendano possibile l'accettazione di un tale piccolo possedimento. Una grande civiltà dovrebbe essere aperta a soluzioni umanitarie e generose. La distruzione di Israele non vi arrecherebbe alcun bene. Lasciate gli ebrei vivere, nel loro piccolissimo paese".

È impressionante pensare che queste parole venivano scritte trent'anni fa. E che esse oggi non sfigurerebbero sulle pagine di qualsiasi giornale. È angoscioso dover rilevare come la situazione da allora sia peggiorata. Viene naturale lasciarsi traversare dall'idea joyciana della Storia come incubo dal quale è impossibile svegliarsi. C'è da credere che questo incubo non finirà mai.

Ma l'oggetto polemico di Bellow non è soltanto la Francia e il tendenzioso giacobinismo di molti suoi letterati. La sua polemica coinvolge quella figura d'intellettuale europeo o americano, il cui amore sfrenato per l'Oriente e per l'Islam si è trasformato nel tempo in una forma d'iniqua indulgenza nei confronti, non tanto dell'islamismo in generale, quanto verso alcune sue forme radicali e disumane. Insomma per essere chiari Bellow ce l'ha a morte con quello che oggi, con espressione generica, viene chiamato il "relativismo morale". Ma siccome Bellow non è un ideologo ma essenzialmente un grande narratore, gli viene facile usare un personaggio per descriverci questo singolare atteggiamento ideologico. Così mette in scena un personaggio drammaticamente fosco che sembra scaturito da una pagina di Dostoevskij: Marshall Hodgoson, autore d'un'opera accademica in tre volumi intitolata *The Venture of Islam*. Ecco come Bellow lo ritrae:

Marshall era un quacchero, pacifista e vegetariano: molto strambo, molto infelice, non privo di fascino. Contraddittoria era la sua visione del mondo: come può un pacifista innamorarsi del bellicoso Islam?

Al di là di questo ultimo interrogativo «come può un pacifista innamorarsi del bellicoso Islam?», ancora una volta di sconvolgente attualità, è interessante notare l'accostamento degli aggettivi apparentemente in contrasto ma che illustrano in realtà una sotterranea corrispondenza semantica: "quacchero, pacifista, vegetariano, strambo, infelice, non privo di fascino". Non bastano già tali attributi per fare di Marshall un personaggio?

Marshall Hodgoson è amico dell'Islam e nemico del sionismo, ci spiega Bellow. Ma non è questa la cosa più interessante del suo carattere, né la più drammatica della sua vita. Perché quello che c'è da sapere su Marshall è assai più terribile: lui ha due figlie piccole affette da una malattia al sistema nervoso così invasiva da non consentire loro neppure di tenere dritta la testa sul collo.

> Spesso incontravo Marshall, al quinto piano dell'Istituto di Scienze Sociali [...] e parlavamo. Il doloroso argomento non veniva mai evitato. Io gli chiedevo come stavano le bambine. Non riuscivano a dormire, mi diceva. Lui e sua moglie stavano su la notte, a far loro compagnia, dandosi il cambio. Quindi la sua faccia era spesso gonfia per mancanza di sonno, congestionata; aveva gli occhi perturbanti; era rauco, per aver letto favole alle figlie. Mi diceva, quasi sfiatato, che era cosa da spezzare il cuore, come le bimbe si rendessero conto di tante cose. Poi, con le lacrime agli occhi, tornava di corsa ai suoi studi.

Certo Bellow non lo dice, ma per noi lettori è lecito immaginare una relazione morbosa tra il risentimento anti-occidentale di Marshall e il suo dramma personale. Così come ci sembra d'intercettare una corrispondenza tra il suo desiderio di immergersi nei propri studi, e quella forma di stordente esotismo con cui molti di noi provano a fuggire la realtà (non si è mai riflettuto abbastanza sul bovarismo dei cattedratici). Non a caso poche righe più oltre Bellow dice: «Sull'Islam [Marshall] aveva idee romantiche». Il romanticismo quindi: un modo di rapportarsi al proprio oggetto di studio singolarmente poco accademico anche se perfettamente comprensibile. Forse è così che in noi scaturiscono le passioni politiche? I nostri odi ideologici? E i nostri amori? È così? È questo? È il risentimento? È la disperazione che, al solito, spiega ogni cosa?

Bellow anche in questo libro mostra il suo interesse spasmodico per gli uomini di potere. L'eminenza letteraria e il Nobel lo hanno messo in contatto da un certo momento della vita in poi, con i così detti "grandi della terra": presidenti, ministri, consiglieri... E lui non si è tirato indietro, non resistendo alla tentazione di ritrarli dal vivo: medaglioni mordaci, dall'inappuntabile precisione psicologica, in cui la descrizione fisica, spesso appena schizzata, serve, nella migliore tradizione del realismo ottocentesco, a rendere la rappresentazione ancora più precisa e verosimile. La cosa che più lo incuriosisce è quell'atteggiamento tipico di un Potente di sottrarsi alla discussione franca e aperta (Kissinger, per esempio, ci viene ritratto sfuggente e ipocrita come i suoi occhi, pomposo e inutile come i suoi riccioloni). Parlare con un Potente è come parlare con nessuno. È trattare con un individuo che ha speso la vita ad affinare la propria arte della dissimulazione. Un Potente sa quello che vuoi da lui, ma mette tutto se stesso affinché tu non comprenda cosa lui vuole da te, un Potente ama essere potente, ma vorrebbe tanto darti l'idea che non gliene importa.

Peres ha l'aura dell'uomo di potere. Altre volte ho avuto modo di notarla. Ce l'avevano anche i Kennedy, John e Bobby. Era come se mangiassero solo interiora: fegato, reni, altre ghiandole potenti. I capelli gli rilucevano, avevano un bel colorito, i denti robustissimi. Presumo che questo sia l'effetto del potere, non di una dieta a base di frattaglie e uova di pesce, poiché Leopold Bloom, che ne andava ghiotto, non abbagliava mica le strade di Dublino con la sua vitalità.

Ecco qual è la nevrosi dei Potenti: la salute eccessiva e l'esorbitante benessere. La salute eccessiva e l'esorbitante benessere dei Potenti è ciò che li rende diversi da noialtri, e così indistinguibili tra loro. Con alcune illustri eccezioni.

> Rabin ha un'aria semplice, modesta. Il Rabin che Alexandra [l'allora moglie di Bellow] e io abbiamo incontrato a pranzo assomiglia a una persona privata in una difficile posizione pubblica. Robusto e di media altezza, ha un collo possente, la sua fronte è resa più spaziosa dalla stempiatura, ha il colorito chiaro, rossiccio. Denota intelligenza, ardimento. È ovvio che si sforza di continuo ad aver senso: tale bisogno non semplifica la vita. Parla inglese correttamente, con molte gutturali israeliane. Sotto il suo aspetto dimesso si cela un notevole vigore.

È di quel Rabin che sta parlando. Del Primo Ministro progressista che sarebbe stato ucciso per mano d'un ebreo molti anni dopo. Non si può dire che Bellow nella sua descrizione prefiguri la fine tragica di Rabin (sarebbe ridicolo pensarlo). Tuttavia il suo ritratto è aderente all'immagine che noi conserviamo del Rabin vicino alla morte. Un uomo estremamente forte che lotta con se stesso per dissimulare quel vigore. Ci torna alla memoria l'immagine storica (oramai così beffarda) di lui che stringe la mano ad Arafat con il tipico disagio di chi sta per scoppiare in collera, con la ritrosia di chi sta facendo con autentico sforzo qualcosa di cui quasi si vergogna, per un bene superiore e non per se stesso. Non riesce a sorridere. Quasi non guarda il suo raggiante interlocutore. Sì, la sobrietà un po' riservata del giovane Rabin che colpisce Bellow è la stessa che noi abbiamo imparato a conoscere nel vecchio Rabin, nel Rabin morente. La considerazione di Bellow sul modo gutturale di parlare l'inglese è preziosa. Perché è come se quell'inglese gutturale marcasse improvvisamente una differenza. Quei suoni di gola sono strettamente connessi all'energia di Rabin, alla sua potenza di uomo e di grande combattente (non bisogna dimenticare che lui è uno degli eroi della Guerra dei sei giorni). Rabin assurge quasi a simbolo della nuova tipologia di ebreo che Israele ha saputo formare. Questi individui fieri, riservati, senza fronzoli, un po' presuntuosi forse e un po' antipatici, con uno spiccato senso della disciplina, che sembrano non aver paura di niente, tanto meno di morire.

Mi viene in mente quello che scrive Amos Oz sulla sua stupenda autobiografia *Una storia di amore e di tenebra* (ritengo si tratti non solo del miglior libro di Oz, ma di una delle opere più significative dell'ultimo decennio), a proposito dei nuovi personaggi che la fantasia di uno scrittore israeliano ha il dovere di immaginare:

> Non ce ne facciamo più nulla insomma, della letteratura da piagnistei, ci siamo stufati delle descrizioni dei borghi ebraici, siamo sazi di quegli esemplari umani tutti accattoni e giovinotti, straccivendoli e fannulloni dalla lingua lunga, ora qui nella nostra terra abbiamo bisogno di una letteratura veramente nuova, una letteratura i cui protagonisti siano personaggi maschili e femminili attivi e non passivi, donne e uomini che non siano stereotipi di maniera ma persone in carne e ossa, dotate di istinti forti, di debolezze tragiche e anche di profonde contraddizioni interiori, figure da cui la nostra gioventù possa trarre entusiasmo, alla cui luce possa educarsi, attingere ispirazione dalle loro idee e dalle loro opere, eroi ed

eroine figli del nostro tempo e anche figure epiche e tragiche della storia antica del nostro popolo, che invitino al rispetto e all'immedesimazione, e non suscitino ribrezzo e distaccata pietà. Di personaggi letterari israeliti ed europei abbiamo bisogno ora nella nostra terra, niente più sensali e giullari e fannulloni e ricchi e mendicanti esilico-folkloristici.

Bellow, nell'ormai lontano '76, quando scrive il commentario, prefigura già la nascita di tale tipologia di personaggio, proprio attraverso i ritratti di alcuni eminenti politici israeliani: i Potenti d'Israele gli fanno uno strano effetto: forse proprio perché somigliano ai Potenti di ogni altro paese che lui abbia conosciuto. Le coordinate sono sempre le stesse: vigore fisico, occhi scintillanti, estrema circospezione. Se ci si pensa, gli ebrei, non potendo contare, fino al '48, su una patria, non hanno mai conosciuto il tormento di dover creare una classe dirigente. Sicché Israele ha dovuto immettere, nel denso calderone della storia, una figura istituzionale del tutto inedita: il Potente ebreo, per l'appunto. Sì, Israele ha dovuto inventare la figura del Potente ebreo per ragioni istituzionali. Il Potente ebreo è una delle conquiste del popolo ebraico in Palestina. È un simbolo della normalizzazione d'un paese. E la normalizzazione è ciò che più sta a cuore a molti laici intellettuali israeliani, sin dai tempi della fondazione. Non a caso Bellow loda il punto di vista d'un allora giovane e promettente scrittore israeliano: A.B. Yehoshua. «L'esperienza» scrive Bellow «insegna che la sanità mentale non è stabile e duratura. Da qui l'aspirazione degli ebrei alla "normalità". Yehoshua parla appunto degli ebrei "non più diversi" in un Paese dove esser ebreo costituisca la norma. Se non ci fosse stato da combattere con gli arabi questo che era il principale obbiettivo del sionismo sarebbe stato raggiunto.»

Che altro dire di questo commentario? mentre l'aereo inizia la sua manovra di atterraggio, nell'istante prezioso in cui una virata mi offre uno di quei paradisiaci orizzonti che commuovono Bellow?

Forse che lo sguardo che Saul Bellow ha saputo gettare sui Potenti possiede la deliziosa e energica penetrazione dei ritratti dal vivo del sommo Saint-Simon. Sì, se uno dovesse giudicare la seconda parte della lunghissima carriera di Bellow, da Sammler fino a Revelstein, potrebbe ricostruire una sorta di Mémoires, in cui le gesta dei Grandi Uomini vengono rievocate con un realismo profanatorio e un'intelligenza scorticante.

> Forse Jung aveva ragione a dire che la psiche di ognuno di noi affonda le radici in epoche remote. Io penso talvolta che il mio senso del comico è più vicino al 1776 che non al 1976.

Bellow lo sa, lo sente: lui è il moralista classico che le Lettere americane aspettavano da un paio di secoli.

Nota

In riferimento a un passaggio della prima parte di questo testo, pubblicato sul numero precedente della rivista, abbiamo ricevuto la seguente puntualizzazione da parte di Eve Rothemberg, operatore di Central Park: «Caro Mr Piperno, non ci sono alberi di sequoia a Central Park, quindi la sua storia è frutto solo della sua immaginazione. E lei è uno scrittore inattendibile».

Cenni biografici sugli autori

VANESSA AMBROSECCHIO

È nata nel 1970 a Palermo, dove vive e lavora. Nel 2004 è uscito il suo primo romanzo *Cico c'è* (Einaudi) e nel 2005 un suo racconto nell'antologia *Sei colori siciliani* (Kalós).

LEONARDO COLOMBATI

È nato a Roma nel 1970. Il suo primo romanzo, *Perceber* (Sironi 2005) è stato finalista al Premio Viareggio. Il secondo, *Rio*, è uscito nel marzo 2007 per Rizzoli. È redattore di «Nuovi Argomenti», collabora con «Il Giornale» e «Vanity Fair».

DARIO STEFANO DELL'AQUILA

È nato nel 1973 a Napoli, dove vive e lavora. Ha collaborazioni con diverse riviste e quotidiani, tra cui «il manifesto». Si occupa di povertà, marginalità e poteri manicomiali. È autore di *Se non ti importa il colore degli occhi* (Napoli, 2008).

PIETRO GROSSI

È nato a Firenze nel 1978. Ha frequentato la scuola Holden di Alessandro Baricco, e si è poi trasferito a New York, dove è rimasto per un anno, facendo un corso intensivo di cinema, traducendo un romanzo e lavorando in una casa di produzione. Ha esordito nel 2000 con *Touché* (Polistampa) cui è seguita nel 2006 la raccolta di racconti *Pugni* (Sellerio). Nel 2007 ha pubblicato il romanzo *L'acchito* (Sellerio).

ALESSANDRO LEOGRANDE

È nato a Taranto nel 1977, vicedirettore del mensile «Lo Straniero», ha collaborato anche con Radio Popolare e con «Le Monde Diplomatique». Ha pubblicato per L'Ancora del Mediterraneo *Il mare nascosto* (2000), *Le male vite. Storie di contrabbando e di multinazionali* (2003) e *Nel paese del vicerè. L'Italia tra pace e guerra* (2006).

ALESSANDRO PIPERNO

È nato a Roma, dove vive, nel 1972. Insegna letteratura francese a Tor Vergata. È redattore di «Nuovi Argomenti». Ha pubblicato il saggio *Proust antiebreo* (Franco Angeli, 2000) e *Il demone reazionario* (Gaffi, 2007). Il suo primo romanzo *Con le peggiori intenzioni* (Mondadori, 2005) è stato vincitore del Campiello opera prima.

CRISTINA ROTA

È nata nel 1973. Vive tra il Lago di Garda e il Salento dove in estate gestisce un campeggio.

FLAVIO SANTI

È nato nel 1973. Vive in campagna alle porte di Pavia. Alterna l'attività di libero docente universitario a quella di traduttore (Balzac, Celan, Barry Gifford, Wilbur Smith, Robert Stone ecc.). Ha scritto diverse raccolte di poesia tra cui *Viticci* (Stamperia dell'Arancio, 1998), *Rimis te sachete* (Marsilio, 2001), *Il ragazzo X* (Ed. Atelier, 2004), una raccolta di racconti (*La guerra civile in Italia*, Sartorio, 2008) e i romanzi *Diario di bordo della rosa* (PeQuod, 1999) e *L'eterna notte dei Bosconero* (Rizzoli, 2006).

ROBERTO SAVIANO

È nato a Napoli nel 1979. Si è laureato in Filosofia all'Università degli Studi di Napoli "Federico II". Collabora con «L'Espresso» e «la Repubblica». È autore di *Gomorra* (Mondadori, 2006), tradotto in 33 paesi.

PIERO SORRENTINO

È nato nel 1978 a Napoli, dove vive. Scrive regolarmente su «Stilos» e «Nuovi Argomenti», e collabora con l'edizione campana del «Corriere della Sera» e col mensile «Giudizio Universale». È redattore della rivista «Nazione indiana». Suoi saggi, articoli e interventi sono usciti su «Vertigine», «I Miserabili», «CarmillaOnLine», «Belphegor».

CHIARA VALERIO

È nata nel 1978. Ha pubblicato le raccolte di racconti *A complicare le cose* (Robin, 2003) e *Fermati un minuto a salutare* (Robin, 2007). *Ognuno sta solo* è il suo primo romanzo uscito con Giulio Perrone Editore nel 2007. È l'autrice selezionata da Scritture giovani per il Festival di Mantova nel 2007. Fa parte della redazione di «Nuovi Argomenti».

SARA VENTRONI

È nata a Roma nel 1974. Ha pubblicato su numerose riviste. Ha scritto due spettacoli col trombettista A. Mandarini e ha lavorato con il pianista G. Liguori. Per la No Reply ha pubblicato nel 2005 l'opera teatrale *Salomè*. Il poemetto *Nel Gasometro* (Le Lettere, 2006) è stato finalista al premio A. Delfini.

Indice

«A occhi aperti»
A cura di Mario Desiati e Federica Manzon
Piccola Biblioteca Oscar
Arnoldo Mondadori Editore

Questo volume è stato stampato
presso Mondadori Printing S.p.A.
Stabilimento NSM - Cles (TN)
Stampato in Italia. Printed in Italy